千寻
文化

Qianxun—Culture

—图书·影视—

一只大雁 著

圈套

长江出版社
CHANGJIANG PRESS

我飞想要写信给你，
而你飞巧来了此处
拿起了此书

一门大雁

目录

卷一

少年游

我绝不许他死掉。

1

当今武林，正邪门派相斗已久，江湖上一派腥风血雨，魔教势力直逼浩然盟，一干武林前辈愁白了头发，也没想出什么办法。

恰好此时暗线传来消息，魔教教主暴毙，新教主即位。此人先时是教主义子，姓季，单名寒，武功极高，思虑深重，行事果断，却也有个足以致命的弱点。

他太重情义——轻易不与人交心，可一旦用心，便愿为兄弟肝脑涂地。

正派安插在魔教的暗线曾在他屋内的床头见过江湖第一剑客赵剑归的画像，画上赵剑归着一袭白衣，眉目俊朗。传闻这幅画乃是魔头所作，自赵剑归一战成名后便一直挂在床头。

　　暗线顿悟，回头便给浩然盟传了消息——现任魔教教主敬仰赵剑归大侠多年，只要赵大侠肯出手，浩然盟还是有救的。

　　赵剑归其人，剑术举世，样貌无双，江湖人称其为近百年来的第一剑客。

　　武林盟主得了信，匆忙派人请来赵剑归，好茶好水奉上，然后携着一大群武林前辈走上前，围着赵剑归"扑通"跪下，声泪俱下地说出武林同道们的计划。

　　他们要赵剑归去结交魔教教主，再里应外合，将魔教一举拿下！

　　赵剑归："……"

2

　　当浩然盟所有前辈都在你面前跪下时，即便是再困难的请求，你也只能答应。

　　更何况，赵剑归还背着一个"大侠"的名号。

　　浩然盟将赵剑归奉为正派江湖的救世主，前辈们甚至从京城百花楼中重金请来了当红头牌月卿卿，让她来指教赵剑归如何接近魔头。

　　月卿卿摇着团扇笑道："赵大侠，你生得这般好看，别老板着一张脸。"

　　赵剑归皱起眉头，一言不发。

　　月卿卿又说："你说句软话也好啊，世人最喜欢听软话了。"

　　赵剑归问："软话？"

　　月卿卿掩嘴而笑，道："就是夸人的话，比如'阁下大名，如雷贯耳，在下仰慕已久'之类的呀。"

赵剑归冷冷道："此乃奉承之语，怎能随口胡夸。"

月卿卿的脸上有些尴尬之色，说："赵大侠，眼神柔和一些嘛，不要用这种杀人的眼神盯着奴家。"

赵剑归别开眼去。

月卿卿万分尴尬，又说："赵大侠，你还是笑一笑吧，笑一笑就挺好，你笑一笑啊！"

赵剑归沉默许久，勉为其难地扯了扯嘴角。

月卿卿："……"

赵剑归："……"

月卿卿："……"怕了怕了。

赵剑归："……"知道怕就好。

月卿卿当场退了酬金，表示自己教不了这样的学生。

3

前辈们恨铁不成钢地看着赵剑归，又从秦淮河畔请来了当红名人玉仙儿。

玉仙儿表示自己教过的人千千万万，定然能让赵剑归在人际交往方面取得进步。

她甫一进门，便在赵剑归身旁转来转去，企图寻找赵剑归身上可供改造的亮点。

赵剑归冷冰冰道："你再乱动，我就扭断你的手腕。"

玉仙儿："……"

赵剑归面色肃然："我是去结交季寒，不是来应付你的。

你若再用这些花样来戏弄我，休怪我刀剑无眼。"

听他如此说，玉仙儿只好起身，恨恨转身离开，却不想一脚踩着了衣摆，眼瞅着就要摔倒在地。

赵剑归伸手一捞，将玉仙儿揽在怀中扶好，仍是冷冰冰地说了一句："小心。"

玉仙儿望着眼前的人，眉目英俊，白衣如雪，只觉得心中小鹿乱撞，明明自己久浸欢场中，此时却因为赵剑归一个不经意的动作，心里仿佛燃起了一片火花。

玉仙儿去同武林前辈们退钱辞行。

"赵大侠一身正气。"玉仙儿说，"我教不了。"

武林前辈并不死心，抓着玉仙儿的衣袖说愿意涨钱，请务必再试一试。

玉仙儿说："这不是钱的问题。"

犹豫许久，玉仙儿忽然垂下头，脸颊上泛起一片绯红。

玉仙儿说："我怕再教下去，就要爱上他了。"

武林前辈："……"

4

武林前辈们束手无策。

暗线说，魔教教主乔装打扮，已行至浩然盟附近。

他们不能再等了！

几位大侠编好一套说辞，让赵剑归照着话背上一遍，有事找暗线联络，随后便将赵剑归赶下浩然盟，又编造出赵剑归杀了盟主大弟子的借口，带领一群武林同道一块去追杀他。

按大侠们编造好的剧情，此时赵剑归应当寡不敌众、身负重伤，倒在魔教教主必经之路上，再被教主捡去，养伤的同时，设法展现自己的高超剑术和个人魅力，自然而然能激发教主的敬佩之心，从而水到渠成地处成生死兄弟。

但很快他们就发现，这个想法有些不切实际。

赵剑归毕竟是江湖第一剑客，一群人撵着他追打，却连他的衣袖也没有碰到。

武林盟主急得大喊："赵大侠，你要假装受伤啊！"

赵剑归说："我若被你们打伤，看起来更加古怪。"

武林盟主想：对哦，赵剑归名声在外，怎么可能这么轻易为人所伤。魔教教主心思细腻，到时一定会猜出是正派在暗中搞鬼。

好在他们还有第二个计划。

赵剑归抱剑立在路旁，等候魔教教主出现。

他远远看见一辆马车，形制正是暗线口中魔教教主所乘的，于是上前挡了路，静候马车过来。

赶车的车夫戾气极重，扬起马鞭朝他劈去，却被他拽住了鞭梢，人也险些被扯下马车。

车夫急急刹住马车，朝他大骂："你是什么狗东西，敢拦我们的马车！"

赵剑归道："我是人。你们这样横冲直撞，小心伤着路人。"

车夫还想再骂，马车里忽然传出一道极清冷的声音："够了。"

车夫闭了嘴。

　　赵剑归心知马车里坐的就是乔装后的魔教教主，闻言便也不作声了。

　　魔教教主问："你是谁？"
　　赵剑归按着那些大侠写好的词说下去："我是人。"
　　魔教教主道："什么人？"
　　赵剑归冷冷道："迷路的人。"
　　魔教教主道："去哪儿的路？"
　　赵剑归皱起眉来，好半晌，总算硬生生憋出了那后半句话。
　　赵剑归道："和魔教教主同流合污的路。"
　　魔教教主："……"

5

四下里忽然一片寂静，众人皆闭了嘴，不再说话。

半晌，终于有人掀起了车帘。

赵剑归抬首望去，车内坐着一名不过二十出头的青年，那青年穿着一身黑衣，正冷眼看着他。

武林盟主曾给赵剑归看过魔教教主的丹青，画上之人与眼前这人的容貌足有七八分像。很好，车里坐着的果然是魔教教主季寒。

按那些侠士事先想好的状况，此刻季寒应该大惊失色——敬仰多年的人忽然出现在自己面前，多少也会有些反应。而赵剑归只需要闭上嘴，等候季寒做出反应，再根据魔头的反应，从侠士们准备好的几句台词中挑出最符合当下场景的一句即可。

季寒冰冷的眼神中果然出现了一丝波澜。

赵剑归开始回顾早上背诵的应对语句。

季寒问："你是赵剑归？"

赵剑归答："是。"

季寒冷笑一声："很好。"

赵剑归没有说话。

那些大侠可没告诉他这句话应当如何应对，他怕将此事搞砸，只好闭嘴装傻。

季寒又问："你的剑呢？"

赵剑归答："我的剑？"

这个走向似乎有些不对。

季寒微微皱起眉来，冷冰冰地问："你的剑呢？"

赵剑归道："剑在。"

季寒厉声道："拔你的剑。"

赵剑归心中一片茫然："你为什么要我拔剑？"

季寒冷笑道："江湖人尊你为第一剑客，本座绝不服气，于是将你的画像悬于床头，勉励自己日夜习武。本座告诉自己，总有一日要打败你。"

赵剑归："……"

这和那些人说的好像不大一样。

赵剑归沉吟许久，末了小心翼翼地说出一句："我并不想在此处与你争执。"

毕竟自己是要结交这魔头的，打起来必有伤亡，若是自己赢了尚好，若是输了，浩然盟该怎么办才好？

季寒打断他的话："你想要如何？"

赵剑归顿时心中一喜，背了一早上台词，终于出现一句对得上了！

他下意识脱口而出："我想要你当我的生死兄弟。"

季寒："……"

6

季寒愣怔半晌，勉强开口问道："你……你要什么？"

赵剑归生硬地又说了一遍。

季寒："……"

其实赵剑归说完这句话，自己也觉得浑身不舒服，于是蹙起眉头不再多言，暗中腹诽那些所谓的大侠究竟是怎么想出这些词儿来的，真是奇怪。

双方沉默许久，季寒似乎下定了决心，开口道："你可知我是何人？"

来了！又一句台词对得上了！

赵剑归道："我知道，可我不介意。"

季寒道："你真的知……"

赵剑归道："英雄不问出处，结义哪需原因。"

季寒："……"

赵剑归又道："我要的是你这个兄弟，不是其他。"

季寒："……"

车夫早已捂着耳朵蹲到一旁，口中念念叨叨："我什么也没听见，什么也没看见，不要灭口，不要灭口，教主不要杀我灭口……"

季寒前后想了想，大致明白了赵剑归的意思。

片刻后，他开口道："你真的是赵剑归？"

赵剑归一愣，说："当然。"

季寒冷冷道："想不到天下第一剑客竟然如此没有志气，上赶着与我这个魔头做兄弟。"

赵剑归："……"

不，你听我解释。

季寒说："只求一战。"

赵剑归："……"

季寒淡淡地瞥他一眼，又说："你若不能与我一战，我们还是就此别过比较好。"

赵剑归说："我……"

季寒已经转身上了马车，车夫急急忙忙赶来坐好，只待教主令下。

赵剑归望着季寒，禁不住蹙起眉来。

季寒转头冷冷与他道："可惜我并不想与你称兄道弟。"

季寒说罢，车夫手中长鞭一扬，马车绝尘而去。

赵剑归站在原地，被糊了满头满脸的烟尘，心里有些委屈。

他也不想与季寒称兄道弟啊。

行走江湖最怕拖累，他也只想一个人吃饭，一个人睡觉，一个人走走停停！

可君子一言，驷马难追，他既然答应了武林前辈们要接近魔头，那么事情就还得做下去。

他的轻功在江湖上足以排进前十，魔头跑了倒也不算要紧，他完全可以追上去啊！

7

季寒的马车速度再快，也快不过第一剑客。

赵剑归追得并不吃力。

曾有人将他的轻功列入江湖前十，倒不是说他的轻功不如他的剑术那般一流，只不过剑法到了他这境界，便很少再有施展轻功的机会。

所以，江湖上见过赵剑归狂奔着去追一辆马车的人并不多。

许久过去，赵剑归的长衫依旧净白如雪，束起的长发也一丝不乱，只不过他的脸色很不好看。

任谁追着一辆马车跑了近百里路，脸色都不会太好，更何况他追的那个魔头舒舒服服地坐在车厢里，车里大概还有一只烧鸡，一坛美酒。

他嗅到了酒香味。

现在他们到了一个小镇，魔头正从那辆马车上下来，走向镇里最好的酒馆。

赵剑归只好跟进去。

他走进去往左右一看，这家客栈生意红火，人来人往，他到底要如何搭讪那个魔头？

季寒在酒馆里最好的位置上坐下来。

赵剑归阴沉着一张脸，跟在他边上坐了下来。

酒菜都端上来了，季寒也不曾动筷，冷冷地看他一眼，问："你怎么阴魂不散？"

那些大侠真是料事如神，这句话竟然也写进了台词里！

赵剑归道："我没有阴魂不散，我只是在追随你。"

季寒冷冰冰道："你追随我做什么。"

赵剑归认真地想了想台词，才道："我想要和你回魔教。"

季寒："……"

赵剑归微微一顿，下一秒便面无表情地改口："回圣教。"

季寒："……"

赵剑归生硬地扯了扯嘴角，试图挤出一个邪魅的笑容："别挣扎了，你是甩不掉我的。"

季寒："……"

8

季寒忽然开口道："你想要我带你回教中，倒也简单。"

很好！计划要完成一半了！

赵剑归道："如何？"

季寒道："你只要与我比试，我就带你回教中。"

赵剑归："……"

没想到魔头绕了这么大一圈，竟然在此处等着他。

看来这一战他是不得不打了。

"时间、地点都由你来挑选。"季寒道，"你只要应战，我必定赴约。"

赵剑归沉默不言。

季寒冷笑一声，说："何时第一剑客连应战都不敢了？"

赵剑归欲哭无泪，台词里没写对应的话，他根本不敢随便应对啊！

这台词不靠谱，这么多没写，他还是自由发挥吧。

季寒道："你敢是不敢？"

赵剑归道："我答应你。"

季寒几乎要从座位上跳起来，他将手按在腰间形制古朴的长剑上，一向冰凉如千年寒潭的眸中隐约透出一丝难以抑制的兴奋："拔你的剑！"

赵剑归却仍是坐着，还慢吞吞地给自己倒了一杯茶。

赵剑归是绝不喝酒的，酒会令人反应迟钝，高手对决，一瞬之间便可分出胜负，留住第一剑客的名号很难，他需要让自己时刻保持在巅峰状态。

季寒挑起眉峰，问："你为何不拔剑？"

赵剑归抬眸望他一眼，道："我只想知道，魔教教主说过的话是否算数。"

季寒蹙眉道："自然算数。"

赵剑归道："很好。"

季寒冷冷地看着他，下意识觉得他下边儿应该还有话。

果不其然，赵剑归将杯中茶一饮而尽，便道："你说时间、地点都可由我决定，那我便将时间定在一年之后。"

一年的时间，应该足以让他拖住季寒，也足以令正道重整旗鼓。

季寒微微一怔，脸色蓦然阴沉下来："你这是在耍赖。"

赵剑归道："时间、地点都由我挑选，这话可是你说的？"

季寒道："是。"

赵剑归说："魔教教主说话算不算数？"

季寒咬牙切齿道："算。"

赵剑归道："很好，一年后，论剑峰顶。"

季寒道："嗬。"

季寒不说话了，给自己倒了一杯酒，脸色阴沉得吓人。

赵剑归却松了一口气。

他该庆幸这位教主尚且年轻，虽说思虑深重，但多少还是欠缺些行走江湖的经验。

这第一步他总算是走出去了。

季寒忽然站起身要往外走。

赵剑归急忙跟上。

季寒冷冷地瞥他一眼："你跟着我做什么？"

赵剑归说："你答应过我，带我回圣教。"

季寒问："我何时答应过？"

赵剑归一怔："你分明说……"

季寒道："我说你我比试便带你回去，既然比试定在一年后，你一年后来找我，我再带你回教中。"

赵剑归："……"

很好，学得真快。

那他只能耍无赖了。

赵剑归说："我说过，你甩不掉我的。"

季寒冷冰冰道："我知道。"

赵剑归道："你不带我回去，我也可以跟着你去。"

季寒指了指在门外等候的车夫："你看他的内功如何？"

赵剑归不明所以，他方才便已注意到这个车夫是高手，看起来已修习了数十年，想来内功是绝不会低的。

季寒道："他习武三十多年，若要在大街上吼一声，只怕大半个镇子的人都能听见。"

赵剑归皱眉道："你说这些做什么？"

季寒道："你再跟我半步，我立马让他去街上吼一声。"

赵剑归道："那又与我何干？"

季寒道："就喊'赵剑归结交季寒，有意背叛武林'，你看如何？"

赵剑归说："你……"

季寒道："方才我看了一眼，这镇上还是有几个正派人士的。"

赵剑归："……"

季寒冷冰冰道："赵大侠，欢迎你继续跟着我。"

说罢，他跨出门去，步调间却显得十分得意。

赵剑归："……"

很好。

这人也是个会玩的。

9

受人之托，忠人之事。

不就是比谁不要脸吗，为了浩然盟，为了心中的浩然正气，他可以不要脸一回。

赵剑归深吸一口气，抬脚跟上。

季寒显然十分诧异。

赵剑归道："我习武的年份虽不及他那般久，可内功绝不会在他之下。"

季寒微有迟疑："你要做什么？"

赵剑归说："他若喊了，我便也喊两声玩玩。"

季寒问："你要喊什么？"

赵剑归答："你我已是生死兄弟。"

季寒："……"

车夫继续捂着耳朵躲到一边，假装自己什么都没有听见。

季寒怒道："你敢！"

赵剑归说："你可以试一试。"

季寒："……"

赵剑归说："江湖传言总是扩散得很快。"

季寒："……"

赵剑归说："还总有无聊的人喜欢添油加醋。"

季寒："……"

赵剑归说："巴山大侠与漠北二杰本没有什么关系，只不过一块儿坐着喝了点酒，然后二杰酒量不好，在巴山大侠屋里借住了一宿。"

季寒："……"

赵剑归道："第二日就有传言说，巴山大侠找二杰喝酒，目的是灌醉二人。"

季寒："……"

赵剑归又说："五日后又有人说，巴山大侠灌醉二杰是为了强行与二杰结拜。"

季寒："……"

赵剑归叹一口气，道："人言可畏。"

季寒："……"

赵剑归又道："我听说他们就住在这附近，巴山大侠还是我多年好友……"

季寒道："闭嘴。"

赵剑归闭上了嘴，他也快编不下去了。

对不起，巴山大侠，漠北二杰，为了浩然盟，只能牺牲你们一回了。

……

车夫已经套好了车，正缩在马旁，畏畏缩缩地看着两人。

季寒冷冷地望着赵剑归。

赵剑归闭嘴不言。

季寒道："滚上车，不许再多说半个字。"

10

赵剑归正想爬上马车。

季寒道："等等。"

赵剑归扭头看他。

季寒一脸冷淡道："我不喜欢别人说闲话，既然赵大侠的轻功这么好，你就还是跟着马车跑吧。"

赵剑归："……"

他只好眼睁睁看着季寒上了马车，默默咬牙。

赵剑归还是第一次纵览马车顶上的风光。

追着马车跑实在是一件很累人的事情，前半个时辰他还在乖乖追着马车跑，后来他干脆爬上了车顶，撩起长衫坐下，再不顾什么大侠脸面。

更何况，这魔头似乎一直在刻意逗他。

他们已绕着这条路跑了三圈，魔头似乎玩累了，于是马车重新回了那小镇里。

赵剑归："……"

马儿喘着粗气，车夫也在烈日下晒出了满头大汗。

赵剑归的衣衫看起来已不那么洁白，束发也不再那般齐整。

季寒却十分惬意地从马车上下来，衣衫整洁，手中还摇着一把精美折扇。

赵剑归有些愠怒，强压下心中火气，问季寒道："我们为什么又回来了？"

季寒道："我忽然想起自己还未吃饭。"

赵剑归："……"

很好，魔头摆明了就是要耍他。

酒馆伙计看见几人又走进来，觉得十分诧异。

季寒叫了与方才一样的小菜美酒。

赵剑归冷冷地在他身边坐下，还未来得及喝上一口水，就有人匆匆赶来。

那人在他们桌前站定，神色焦急道："赵兄，你快走！"

来人竟是巴山大侠靳北郭。

赵剑归不由得怔住。

他方才说过巴山大侠的坏话，心里难免有些内疚。更何况那些事是完全没有发生过的，只不过他与巴山大侠算是好友，脑子里第一个想起的就是巴山大侠的名字，便随口拿来用了。

季寒蹙着眉往靳北郭身上扫了一眼，问："你是何人？"

靳北郭好似来不及多说，并未搭理季寒，仍急匆匆对着赵剑归道："浩然盟说你杀了盟主门下大弟子，因此不少人在追踪你的下落。方才有人说你在这家酒馆里出现，眼下已有不少人赶过来了。"

赵剑归："……"

这倒是他与武林前辈们说好的，众人追杀他也是为了让这场戏看起来更加真实。

季寒显然对靳北郭忽视他十分不满，忍不住又问道："你是何人？你要做什么？"

靳北郭只好回答他："在下靳北郭。"

季寒的神色忽然变得微妙起来，道："巴山大侠靳北郭？"

靳北郭道："正是在下，不知这位少侠……"

季寒神色古怪。

赵剑归万分心虚，移开目光。

季寒又问："漠北二杰呢？"

靳北郭一愣，道："少侠可是和他们认识？不瞒少侠，他们兄弟二人的确与我同行，我吩咐他们在酒馆外等候，若有正道人士赶来，也好通报赵兄及时逃走。"

季寒从窗子里往外看了看，只见外面有两名二十余岁的青年守候，两人容貌别无二致，似乎还有些西域血统，发色、面容均与中原人士有所不同。

季寒转过头，望了望巴山大侠，神色更加古怪。

靳北郭不明所以，只好扯一扯赵剑归的衣袖，问："赵兄，这位少侠为什么老用奇怪的眼神看着我？"

赵剑归只好干笑一声，说："这……呵呵……我也不知道。"

11

赵剑归话音刚落，已有人闯进酒馆里来。

漠北二杰终究只有两个人，这么一大伙人齐齐冲进来，他们也毫无办法。

酒馆内忽然拥进这么多人，原本就算不上宽敞的地方登时更加拥挤起来。

食客们已匆忙退去，就连掌柜的也带着店伙计躲进了后院。

赵剑归往人群中看了看，来的大多是熟悉的面孔，是江湖上的侠义之士，还有不少人算得上是他的朋友。

靳北郭上前一步道："诸位，我想这里面一定有些误会，赵兄绝不是这样的人……"

他还未说完话，已有三四人同时攻了上来。

　　赵剑归想，他们不知真相，不过是出于侠义之心才动手攻击自己，他是绝不能伤他们的，因此只能四处避闪，连背上的长剑也不曾出鞘。

　　可这么拖下去总归不是办法，他正想着如何脱身，几人手中的武器忽然都被打落在地。

　　赵剑归扭头看去。

　　打落几人武器的东西竟是一只酒杯。

　　是季寒的酒杯。

　　几人面面相觑，大约是没想到赵剑归身边这青年的功夫如此之高。

　　他们再不敢轻易动手，斟酌再三，有一人站出来问："你是何人，为何不让我们杀了这恶徒？"

　　季寒仍坐在座位上，阴沉着一张脸，冷冰冰道："我不高兴。"

　　那人说："你可知他做过什么事？"

　　季寒道："我不管他做了什么事，我不愿意，你们便不许动他。"

赵剑归："……"

什么！难道他在不知不觉间已经成功完成任务了吗？

那人一时语塞，好半晌才重新开口道："阁下为何要护着他？"

季寒斜睨他一眼，道："我已与赵剑归约战论剑峰，这一战前，我绝不许他死掉。"

赵剑归："……"

哦。

他不小心想多了。

12

那人皱起眉来，说："阁下武功虽高，可也只有一人一剑。"

季寒道："你们大可以来试试。"

又有几人掏出武器来，将季寒与赵剑归围在中间。

靳北郭还在慌忙解释："这里面一定是有误会！"

季寒道："我劝你们不要逼我拔剑。"

他虽然还坐着，右手却已缓缓摸上了腰侧长剑。

突然间，有一人开口问："你究竟是何人？"

季寒冷冷地瞥他一眼，傲然道："季寒。"

四下忽然一片寂静。

他们忌惮的并不是季寒最近得到的"魔教教主"的名头，而是他手中的剑。

剑长三余尺，剑鞘青灰，形制古朴，被斜挂在季寒腰侧，没有任何多余赘饰。

这柄毫不起眼的长剑像随便花几两银子就能够买到的破烂玩意儿，可配上"季寒"这个名字，它就成了江湖上最可怕的利器之一。

在季寒还未成为教主时，就已被人誉为"魔教第一高手"，是魔教中最锋利的一把剑。

他只要拔剑，必见血光。

赵剑归拔剑是为了心中侠义，季寒拔剑却是为了杀人。

赵剑归会对他们手下留情，可季寒绝不会。

季寒淡淡地开口道："你们还想试试吗？"

不少人霎时间朝后退去。

当世两大剑客在此聚集，谁还敢再上前半步。

更何况，谁知道附近是不是还有魔教的人埋伏。

季寒站起身，有几人当即惊得拔出了武器。

可季寒只是整了整衣袖，便要往外走，人群甚至主动为他分开一条道来。

季寒走出几步，忽然停下，转过身来，看着赵剑归，面无表情地说道："跟上。"

赵剑归："……"

靳北郭拉住赵剑归的手，说道："赵兄，那人是魔教魔头，你切不可……"

赵剑归心里清楚，若是他随季寒走了，他身上就如同打上了一个"魔教同党"的烙印，往后正派人士是绝不会放过他了。

他推开靳北郭的手，在脑中搜索那些大侠给他留下的词。

"那个弟子居然敢对我兄弟出言不逊，还说我们二人沆瀣一气，我只好让他永远闭嘴。"

"靳兄不必多言，我意已决。"他一字一句缓缓说道，"我既跟了他去，此生便将与其肝胆相照，生死相随。"

靳北郭："……"

季寒："……"

13

靳北郭一脸愕然，道："赵……赵兄，你与这魔头……你们……"

季寒："……"

赵剑归说："我……"

这词本子上没有，他要如何应对？

众人的神色均有些古怪。

靳北郭见他们并不言语，呆怔半晌，口中喃喃："没想到赵兄你竟然……没想到你不仅杀了正道弟子，还是为了这个魔头杀的……"

季寒忽然神色一变："方才你们什么也没有听见。"

靳北郭仍未回过神来，茫然道："我听见了啊……"

众人纷纷应和。

"我听见了……"

"我也听见了呢……"

季寒沉默片刻，忽然面露凶色，说道："你们若是敢把今日之事说出去，往后哪怕是逃到天涯海角，我也定要取了你们项上人头。"

堂内，顿时无人敢再说话。

季寒扭过头，一把拉住赵剑归的衣袖，拽着他便往外走。

赵剑归："……"

那个车夫还在外面耐心等候，见两人这么走出来，霎时间呆住了。

季寒也不管他，扯着赵剑归便施展轻功往城外而去。

赵剑归心下茫然，却也只能跟着季寒。

他以为自己的轻功已是极好，可现今看来，季寒的轻功竟与他不相上下，一眨眼工夫便已经到了城外。

季寒拽着赵剑归到了墙角，怒道："你这人是不是有毛病！"

赵剑归说道："我的身体一向很好，谢谢。"

季寒道："你真是有毛病。"

赵剑归说："我的确没……"

季寒不想再与他纠缠，依旧是满脸怒气："你不是说人言可畏吗？说出那种话来，你就不怕江湖上传出谣言？"

我就是想和你传谣言啊。

当然，赵剑归并不敢说出这句话。

他只好低下头，思索着该如何回答，然后他就看见了季寒的手。

季寒许是气急了，不曾注意此时此刻竟然还抓着他的袖子。

赵剑归唤他："季教主。"

季寒警醒道："你又想做什么？"

赵剑归动了动被季寒死死攥住的衣袖，一脸诚恳道："你能先松手吗？"

季寒："……"

季寒低头看了一眼，猛然甩开，仿佛见着什么怪物一般跳到了几尺外。

赵剑归很是客气地说："多谢。"

季寒从怀中掏出帕子，死命擦手。

赵剑归问："季教主是否要带在下回魔教了？"

他见季寒一个眼刀甩了过来，生硬改口道："圣教。"

季寒怒气冲冲地将那帕子丢到地上，扭头便走。

赵剑归急忙跟上，一面喊："季教主，你等等！"

季寒扭头瞪他："你有毛病！"

赵剑归很委屈，说："我没有！"

季寒道："你就是有毛病！"

赵剑归说："我没有！"

季寒道："你有！"

赵剑归说："没有！"

季寒道："就有！"

赵剑归说："没有！"

驾车赶来的车夫："……"

他决定驾车转头，假装自己在欣赏路边的风景。

14

　　赵剑归一路随着季寒参观了好几个魔教分舵。当然，是不重要的那些。

　　季寒并不对他遮掩，正派早已知晓这些分舵所在，不过碍于人手不足，一直没有派人将其拔除而已。

　　季寒觉得马车顶上成天坐着一个人太过碍眼，可又实在不想和赵剑归挤在同一辆马车里，最后只好丢给赵剑归一匹马，让他自生自灭。

　　一路上，季寒似乎打定了主意不再与赵剑归多说话，即便到了必须开口的时候，也尽力将要说的话控制在三个字内，绝不多说一个字。

　　赵剑归乐得清净。

　　只是"结义大计"再无进展。

　　赵剑归杀了盟主大弟子之事早已传遍整个江湖，他们每到一处，总有正派侠士死死地盯着他们，却并无一人敢上前。

　　因为江湖还传言，赵剑归身边总是跟着魔教第一高手。

　　至于为何如此，并无人敢说。

　　一时之间谣言四起，以至于季寒觉得路边野狗看他们的眼神都有些不正常。

　　好似所有看着他们的路人心里都在朝着他们大声呐喊——

　　刺杀无辜武林弟子！你们心狠手辣，你们丧心病狂，你们是一丘之貉！狼狈为奸！

　　季寒很不高兴。

　　他很想干脆一剑捅死赵剑归，好澄清江湖上的这些谣言。

　　可捅死赵剑归实在是一件很难的事情。

　　他只好憋着，每日里抽出大量的时间来磨炼自己的剑术。他的剑早已快得足以在一瞬间劈开秋日梧桐飘下的每一片落叶，却仍无十成自信决战时自己能抢在赵剑归拔剑前捅穿他的喉咙。

　　此时，他只希望自己能够在一年后的比试中，当着众人的面捅死赵剑归，还自己一个清白。

　　这想想就很令人高兴。

卷二

远来客

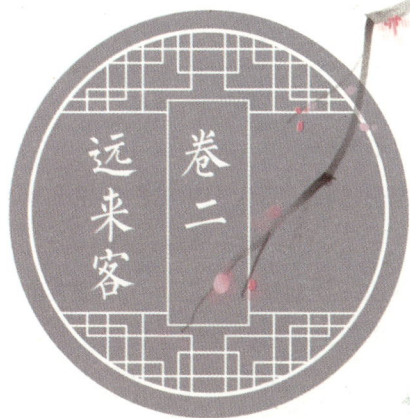

人总是会有弱点的。

1

他们终于回了魔教。

赵剑归从未想过自己有生之年竟然能这么光明正大地走到魔教里来。

季寒不想理他，计划便无法进行，而他背的词也早已用了七七八八，当务之急，自然是仔细寻找正派留在魔教中的那名暗线。

可他并不知道暗线是谁。

前辈们只告诉他，暗线是魔教教主亲近之人，他到了魔教后，那人自然会来找他接头。

赵剑归只能在屋里等候。

他猜想着这名暗线的身份，能接触到这么多魔教机密，甚至能随意出入魔教教主的房间，想必此人在教中地位极高。

他正想着，忽然有人敲门。

来人是季寒的贴身侍从，他端着饭菜，敲开门走进来。

赵剑归说："你把饭菜放在桌上就好。"

季寒虽然不大与他说话，但好歹没有在起居上亏待过他。

谁知这侍从将饭菜置于桌上后，并没有离开。

赵剑归问："你还有什么事？"

侍从一副神秘莫测的表情："赵大侠，是我！"

赵剑归："……"

原来暗线不是魔教高层，而是季寒的贴身侍从。

虽说教主的贴身侍从的确容易接触到一些机密，也的确能够看到教主日夜挂于床头的画像，但是正因为如此，季寒对侍从的筛选应该相当严格才对，浩然盟又是如何将暗线安插进魔教的？

赵剑归不由得有所怀疑。

暗线看起来也不过二十来岁，神神秘秘凑上来，要与赵剑归对暗号。

他先向赵剑归自报家门："在下姓林，双木林，赵大侠唤我小林便是。"

赵剑归微微点头。

小林又说："赵大侠难免对我有所怀疑，盟主让我且与您对对那词本上的问题，您便能信我了。"

盟主的确与自己提过此事，赵剑归只好再次点头。

小林问道："若教主怀疑赵大侠，与您争吵，而您无法解释时，该怎么办？"

赵剑归："……"

很好。

他当然记得这个问题。

这一段写在词本最后，还用朱红的笔画了横线以作标示。

说实话，赵剑归很不希望这一幕发生。

小林仍在眼巴巴望着他。

他咳嗽一声，道："我相信你了。"

话音刚落，忽然有人推门进来。

两人俱是一惊，赵剑归转头望去，只见季寒站在门外，身后还跟着两名侍女，均是一脸愕然。

教主的贴身侍从与这样一个正派大侠靠得这么近，难免令人生疑。

小林忙退后几步，道："教主，这件事……"

季寒打断他的话，声音似裹着冬日里的寒冰："赵剑归，你们在做什么？"

赵剑归："……"

2

赵剑归不知该如何解释。

他没想到这一刻竟来得这样快。

小林还在努力向季寒解释："教主，属下与赵大侠交谈，只是想……"

季寒冷冷道："我问的不是你。"

小林只好闭上嘴，退到一旁。

季寒将目光重新移到赵剑归身上，说："我问的是你。"

赵剑归知道此刻解释已没有任何作用，他只能认真去想那最后一招。

词本上说，要有墙。

季寒站在门边，身后是两名娇俏侍女，他得把季寒骗到墙边才行。

赵剑归道："你过来，我便说出我们在做什么。"

季寒仍是阴沉着脸看他，一动不动。

赵剑归想了想，又说道："有些事情，我想你应该不希望别人听到。"

季寒问："本座行事光明磊落，没有什么事不能让其他人知道。”

赵剑归道：“生死相随。”

季寒立刻过来了。

赵剑归身后便是墙。

季寒咬牙切齿地问：“你究竟想说些什么？！”

很好，第一步实现了。

第二步，要出其不意。

赵剑归朝季寒招了招手，说：“你且附耳过来。”

季寒："……"

赵剑归说：“生死相……”

季寒面无表情地附耳过去：“有话快说。”

他话音未落，赵剑归猛然扯住他的手腕，而后一把将他推到墙上。

季寒的后背狠狠撞上墙面，很疼，他心中的怒火"噌"地蹿了上来，恨不得将眼前之人千刀万剐，他正要动手，赵剑归忽然用扇子抵住他的下巴，凑到了他眼前。

季寒僵住了。

在他印象中，从未有人敢离他这么近。

更何况这……这还是一个大男人！

不止季寒，屋里的人都蒙了，包括赵剑归。

词本上写着，下一步应该……怎么做啊？

为什么这些他们都没写！要他们何用！

赵剑归内心极不平静，却也只能板着一张脸，冷冰冰地看着季寒。

季寒的脸近在眼前。

赵剑归忽然发觉季寒的样貌生得很好，只不过他总是阴沉着一张脸，若是笑一笑，想必会更好看。

于是，赵剑归就想起了月卿卿与他说过的话。

他艰难地扯起嘴角，朝季寒笑了笑。

季寒："……"

赵剑归："……"

季寒："……"

赵剑归："……"

下一秒，赵剑归骤然泄气，松手转身："我先缓缓，待会儿再来。"

季寒："……"

季寒道："你这人是不是有毛病啊？！"

3

然而赵剑归并未听见季寒的话——他早已经跑出了门。

季寒呆怔了许久，忽然想起这屋子里还有另外几个人。

他阴沉着脸，扭头去看小林与那两名侍女。

年纪稍长的那名侍女忽然捂着胸口，缓缓倒了下去，口中念念有词："啊！奴婢早上忘记吃饭，忽然觉得浑身无力、两眼发黑，什么都看不见了呢。"

季寒："……"

年纪稍小的那位已经慌了，她往左右看看，不知所措，最后干脆两眼一闭，"扑通"一声倒在那位姐姐身边。

小林紧张万分地说："教主，这事真不是你想的那样！"

季寒冷笑道："是怎么样都不重要了。"

既然大家都看到了，那就杀人灭口吧。

小林慌乱道："赵大侠他……他只是……只是在向我询问教主您的饮食喜好啊！"

季寒一怔，道："我的饮食喜好？"

小林连连点头："赵大侠想要为教主您下厨！"

季寒："……"

4

赵剑归在院子里走了两圈，总算冷静下来。

他不懂。

哪怕当年他独自面对西天炼罗刹时，也不曾这般慌乱过，他到底在纠结些什么？诚然，他假借兄弟之情去接近季寒是一件不大光明磊落的事，可那是为了正道生存、武林大义，他顶着"正道之光"的名头，行此之事实为天经地义。

他压下临阵脱逃的想法，又回到屋子里。

两名侍女已经退去，季寒板着一张脸坐在桌旁，小林战战

兢兢立于他身侧。

赵剑归道："我缓完了。"

季寒抬头看他，好似看见了什么怪物。

赵剑归道："你……你先到墙边站着？"

季寒冷冷开口道："晚上我要吃鸡蛋面，面里要有麻油炒的鸡蛋，加姜丝，不许有葱花，出锅前淋上香油。若面里有半点儿葱末，你立马给本座从教中滚出去。"

赵剑归说："啊？"

5

季寒已经冷着脸走出门了。

赵剑归心下茫然，扭过头问小林道："这是怎么回事？"

小林唯唯诺诺道："权宜之计……赵大侠，这是权宜之计！"

赵剑归更加茫然。

小林道："我与教主说，您方才是在向我询问他的饮食喜好。"

赵剑归说："饮食喜好？为什么？"

小林说："因为您想为他亲自下厨。"

赵剑归："……"他这样想了？

小林道："我娘曾与我说过，吃吃喝喝是最容易拉近朋友关系的方式。"

赵剑归："……"那不就是酒肉朋友吗？

小林又道："赵大侠是实至名归的天下第一剑客，区区一碗鸡蛋面，一定不在话下。"

赵剑归："……"剑术和厨艺有任何关系吗？

小林说："赵大侠，浩然盟全靠您了啊！"

赵剑归："……"终归是他一个人扛下了所有。

赵剑归说："有一事我甚是不解。"

小林急忙道："赵大侠您请说！"

赵剑归缓缓开口问道："若是一个人做出来的食物连狗都不肯吃，那这些食物还能拉近他与朋友的关系吗？"

小林："……"

6

修长匀称、骨节分明——赵剑归低头看着自己的手。

他从来没有用这双手握过菜刀。

对高手而言，天地万物均是可以杀人的利器，菜刀是刀，自然也是武器。赵剑归虽是第一剑客，擅长的兵器也有不少，刀他也是仔细钻研过的，但那些刀中显然不包括菜刀。

他不过是想剁个蒜，竟已将菜刀弄丢了两次。

若不是他身手敏捷，只怕早已被菜刀砸中脚面。

小林有些看不下去了，便去求教中的厨娘写菜谱来指导。

这个厨娘早在季寒幼时便负责教中一应饭食，教主的口味她自是再清楚不过。因这鸡蛋面做法简单，容易上手，她便只简单吩咐几句，说这面条有现成的，让赵剑归将面下水，再将鸡蛋炒熟后混入面中即可。

末了，她又强调一句，说教主对葱花深恶痛绝，可炒蛋时生姜与蒜末还是得加的。

小林将菜谱交给赵剑归，便被季寒唤去跑腿。

赵剑归望着菜谱，陷入沉思。

哪怕是天下最难的剑谱，对他而言也没有这般晦涩难懂。

下面条简单，厨娘写明了时间，他煮烟了几次，捞出来的东西总算像面条了。

炒鸡蛋似乎也简单，赵剑归按着厨娘的说法事先热好了油，再将鸡蛋丢进了锅里。

此时天色已晚。

教主驾临厨房，视察鸡蛋面的工作进程。

他看了看举着锅铲，衣服、脸上均染了烟灰，一身黑扑扑的赵剑归，又低头看了看锅里圆溜溜的两个鸡蛋。

季寒陷入了沉思。

7

季寒指着锅里，语气生硬道："这是什么？"

赵剑归说："炒蛋呀。"

季寒："……"

赵剑归继续往下说："我听小林说，你很喜欢吃鸡蛋，于是特意多放了一个。"

季寒："……"

赵剑归说："你等等，待会儿就炒好了。"

季寒说："你知道炒鸡蛋要先剥壳吗？"

赵剑归说："啊？"

季寒从一旁拿起筷子，戳了戳锅里的鸡蛋。赵剑归竟然还放进了姜丝、蒜末，两个圆溜溜的鸡蛋混在切得歪歪扭扭的佐料中，看起来有种说不出的……可怕。

谁教他这样炒的？！

季寒问："你没吃过炒鸡蛋吗？"

赵剑归道："自然吃过。"

季寒道："炒鸡蛋带壳吗？"

"不带。"赵剑归安慰道，"你放心，待会儿我会把鸡蛋壳剥开的。"

季寒："……"

高端的食材，
往往只需要最朴素的烹饪方式。

季寒觉得这位江湖第一剑客很有毛病。

他本来想再多说几句，却没想到锅里的鸡蛋忽然响了起来。

他低头去看那两个圆溜溜的鸡蛋。

赵剑归也忍不住好奇，低头去看，甚至拿起一双筷子轻轻戳了戳。

"鸡蛋应该快要熟了。"赵大侠一脸深沉地说道。

季寒道："你真是有毛……"

他的话还没有说完，两人忽然听见了一声炸响。

这声音虽不及江南霹雳堂的霹雳弹的爆炸声来得响亮，却

也足以将这两位江湖中的绝顶高手惊动。

他们的反应一向极快，几乎在那声音响起的一瞬便已向后窜出避开。

待他们觉得已经安全，移开挡在脸上的衣袖后，便看到了对方的惨况。

墙上，地下，炉灶边，甚至两人的衣服、头发上，全部糊了白白黄黄的鸡蛋，而锅里的蛋只剩下一个了。

赵剑归一脸茫然："这是怎么回……"

他还未说完这句话，另外一个鸡蛋也炸了。

赵剑归道："这是一个意外。"

季寒冷笑一声。

他的头发和眉毛都糊上了蛋黄，看起来实在古怪。

赵剑归支支吾吾道："我还能再试一次。"

季寒怒得几乎要将锅盖拍到他的脑袋上去。

赵剑归说："真的，我还能再……"

季寒怒吼道："把这里收拾好，然后给本座滚出去！"

8

赵剑归有些沮丧。

季寒让他滚，也就是说"结义大计"要宣告失败了。

浩然盟要怎么办？他又该何去何从？

小林偷偷跑来安慰他。

"赵大侠，您放心。"小林说道，"教主不过是在说气话。"

赵剑归委屈道："他都让我滚了，还只是气话？"

小林几乎想要拉着赵剑归的手为他鼓劲加油，以激发他向教主示好的决心。

赵剑归长长地叹了一口气。

小林说："赵大侠，若教主真想赶您走，就不会让您去打扫厨房了。"

赵剑归不懂。

小林说："他会让您立马滚出魔教。"

赵剑归说："这……"

小林说："赵大侠，您看，教主还是重视您的呀！"

赵剑归说："呃……"

小林十分激动地说："赵大侠，您一定要煮好鸡蛋面，博得教主欢心啊！"

赵剑归："……"

9

此时已是深夜。

赵剑归认真想了想那几位为了浩然盟，几近奉献自己一辈子的老前辈，想了想正道中他的那些好朋友，终于下定了决心。

他要再去厨房里煮一碗鸡蛋面！

厨房里竟亮着灯。

赵剑归想了想，屏息提气，小心翼翼地走过去，想看一眼厨房里的究竟是什么人。

若是厨娘，他正好请她教一教自己如何煮一碗正常的、不会炸开的鸡蛋面。若是其他人，他就转头离开，当作自己今晚

并没有来过这个地方。

可厨房里的人是季寒。

是端着一碗鸡蛋面，正抬眸朝他看来的季寒。

赵剑归："……"

季寒："……"

朴素的食材，
往往更需要最大佬的食用姿势。

10

其实赵剑归还未走到门边时，季寒就已经发觉有人来了。

只不过这儿是他的圣教，他根本不必去躲任何人。

他没想到来人会是赵剑归。

两人都觉得有些尴尬。

季寒冷着一张脸，手中还举着筷子，筷子上夹着面条。

赵剑归猛然想起词本上写了如何应对眼前这场景，甚至用红线加粗标示，据说若是做得好，结义大计便可一举成功！

他不免有些激动。

季寒望了他两眼，面色阴沉，仍是不想说话。

赵剑归开口道："我睡不着。"

季寒："……"

赵剑归说："你也睡不着？"

季寒："……"

赵剑归说："你能陪我聊聊天吗？"

季寒道："不能。"

赵剑归："……"

为什么他不按套路出牌？！

11

浩然盟的前辈们告诉过赵剑归，若是深夜遇见睡不着的魔教教主，应当与他从诗词歌赋谈到风花雪月，进一步把握对方脆弱的内心，让他对着赵剑归倾吐心事，待赵剑归知道了他的弱点后，那便离结义不远了。

赵剑归并不是什么风雅之人，他不懂诗词歌赋，也谈不了风花雪月，他所熟知的只有手中的三尺青锋，能聊上几句的也只有那三尺青锋。

能聊聊总是好的，俗话说得好，殊途同归，最后总会走到那一步的。赵剑归如是想道。

他走近一些，开口与季寒说道："你……你是几岁开始习剑的？"

季寒冷冷地看着他，并不回答。

赵剑归只好自顾自接着往下说："我学会走路时便已开始

拿剑，到如今也有二十六七年光景了。"

季寒不言。

赵剑归道："你比我年轻，剑术上的成就却并不比我少。你剑路迅捷凌厉，弃守主攻，已经算得上是江湖上数一数二的高手。"

季寒总算开了口："你究竟想说些什么？"

赵剑归道："说你的弱点。"

季寒道："我的弱点？"

赵剑归点了点头。

其实赵剑归并不明白前辈们的话。

若是知道对方的弱点就能成功，那自己第一眼看见季寒使剑便已看出他的弱点了，可直到现在，他对自己还是一副爱答不理的模样。

季寒显然被挑起了兴趣，他微微坐直了身子，示意赵剑归接着说下去。

赵剑归道："你的剑如同一场豪赌，一剑不中，便再无退路。"

季寒道："我从未失过手。"

赵剑归说："可我至少有八成把握躲开你的第一剑。"

季寒皱起眉，仔细琢磨着赵剑归的这句话。

赵剑归又道："若你能为自己留条后路，让剑路再稳妥一些，成为天下第一并不是什么难事。"

季寒迟疑道："你是说我能赢你？"

赵剑归说："假以时日，你的剑术必在我之上。"

这话他说得十分恳切。

他在季寒这年纪时，并没有这么好的剑法，更何况他看得出季寒很能吃苦，而他一向是个自谦的人，看到这样有前途的年轻人，也觉得很高兴。

季寒望着他，眼中好似燃起了一盏明灯。

赵剑归找到了季寒的弱点，已不知还能再说些什么。

他只好闭上嘴，站在一旁。

季寒忽然问他："你睡不着？"

说这话时，季寒的神色已经恢复如昔，连语调也冰冷下来。

赵剑归一面在心中暗骂，找弱点根本没有什么用，一面回答道："是。"

季寒道："你想和我聊聊天？"

赵剑归道："是。"

季寒道："你坐下来。"

赵剑归有一丝茫然，问："什么？"

季寒冷哼一声，道："我不喜欢和站着的人说话。"

赵剑归："……"

他再次成功走出一步了吗？

对不起，前辈，我错怪你们了！

12

赵剑归在季寒身边坐下。

季寒面前还摆着那碗才吃了两口的鸡蛋面，他很饿，可赵剑归坐在他身侧，他实在是不好意思再吃下去。

这场面真是说不出的尴尬。

赵剑归很想与季寒再谈谈剑，可他又想，一个人在吃饭的时候是不会喜欢别人与自己说剑的，况且老说一件事的确有些乏味，于是他闭上嘴，在一旁干巴巴看着。

季寒只好放下了筷子。

季寒问他："你想聊些什么？"

赵剑归一脸诚恳道："不知道。"

季寒想了想，挑起一个话题，问："你真杀了盟主大弟子？"

赵剑归一愣：不，我没有。

非但没有，那小子现在还躲在浩然盟小屋里，每日只需要吃吃睡睡呢。

可赵剑归只能承认。

季寒问："他犯了什么过错？"

之前赵剑归当着武林众人的面，说了自己杀盟主大弟子的原因，但那显然是信口编造，季寒不会傻到真的相信。

他只是单纯，不是蠢。

赵剑归道："他没有错。"

季寒道："那你为什么杀他？"

季寒杀人从不需要理由，因为他本是魔头，可赵剑归不一样，赵剑归是大侠，大侠拔剑总是要有缘由的。

好在武林前辈早已为赵剑归编好了说辞。

赵剑归道："我喝了酒。"

季寒多少有些诧异："你喝了酒？"

赵剑归叹了一口气，显得十分懊恼："我从不喝酒的。"

季寒明白了："你喝醉了？"

赵剑归点头。

季寒好似忽然来了兴趣。

季寒道："你从来不喝酒？"

赵剑归道："是，喝酒会让一个人的反应变慢，会让人手里的剑变得不稳。"

季寒问："你是真的不会喝酒？"

赵剑归点头："是。"

季寒道："没想到第一剑客也有不擅长的东西。"

赵剑归说："人总是会有弱点的。"

季寒道："我总算有一件事比得过你了。"

赵剑归说："啊？"

季寒显得有些激动，说道："既然你睡不着，那我们一块儿喝一杯吧。"

赵剑归："……"

13

几坛窖藏二十余年的竹叶青已摆在了桌上。

赵剑归却仍在努力推辞："我不会喝酒，我真的不能喝酒。"

季寒反问："你怕你喝酒后会耍酒疯？"

赵剑归口不择言："我……我喝了酒会杀人！"

季寒一怔，竟莫名觉得赵剑归的举动十分有趣。

"你放心，"季寒说道，"要杀我还没有那么容易。"

赵剑归说："可是……"

季寒已拍开了一坛酒的泥封。

醇厚的酒香在一瞬间四溢开来。

仅是闻着酒香，赵剑归便已觉得自己开始头晕了。

季寒又道："放心，你不会喝酒，本座也绝不会欺负你。"

赵剑归："……"

季寒道："你一杯，本座三杯。"

赵剑归："……"

这种让法令赵剑归心中有些受挫。

季寒却十分得意。

不知为什么，他看着赵剑归受挫的模样，心中便涌起一股奇异的满足感，这感觉几乎比他在剑术上终于有所精进时的快感还要浓烈。

赵剑归开口道："不行。"

季寒很是愉悦，说："那你想要我让你几杯？"

"我不喜欢别人让我。"赵剑归一字一句道，"你一杯，我一杯。"

季寒："……"

季寒很不高兴。

他心中那股奇异的满足感还未持续多久，就已被赵剑归一句话打破，这让他如何开心得起来？

季寒一向觉得自己的酒量极好，偶尔教中大宴，他一人便能灌倒左右护法，而他自己还只有六七分醉意。

赵剑归竟想与他公平对决？自不量力。

季寒冷笑。

看本座如何灌醉你！

14

酒过半巡时，季寒已开始后悔。

他应当先把那碗鸡蛋面吃完，再和赵剑归拼酒的。

饿着肚子的人喝酒总是容易醉些。

现在他的头已有点晕，胃也有些不舒服。

更何况，赵剑归并没有他自己所说的那么不胜酒力。

看来要把他灌醉并不是一件容易的事。

赵剑归也十分苦恼。

他从不喝酒，这的确是一句实话。

这算得上是他第一次喝酒。

第一杯酒入口时，他心中还不懂，这玩意儿究竟有什么好喝的？

然而酒过半巡，他忽然觉得世间万分美好，心中豪情壮志，身边的魔教教主是他的至交好友，他简直有一肚子的知心话要和对方说。

后来他才知道，自己这是快要喝醉了。

季寒仍咬着牙敬他酒。

赵剑归也只得咬牙喝下。

两人都是不服输的性子，喝到最后，赵剑归已经头晕眼花，只想倒下去好好睡上一觉。

季寒揪着他的领子，口齿不清地骂道："你……你骗我，你明明很会喝酒……"

话还未说完，季寒已顺着桌子滑了下去。

赵剑归伏在桌上，两眼发昏，脑子里只剩下一个念头——

他再也不想喝酒了。

15

赵剑归醒来时，天光已大亮。

他躺在一张十分柔软的床上，身上盖着的是上好的蚕丝被。

他觉得头痛欲裂，渴得几乎能喝下整个水缸里的水。

门外有人在大声叫嚷，听起来像小林的声音。

"教主，左右护法与教中长老已在议事堂内等候许久，您醒了吗？"

赵剑归一时有些茫然：教主？

他扭过头，看见了面无表情的季寒。

赵剑归："……"

季寒："……"

16

季寒压着声音问他："你为什么会在这里？！"

赵剑归的脑子仍有些迟钝，疑惑道："哪里？"

季寒微愠道："这是本座屋里！"

赵剑归："……"

对啊！他为什么会睡在教主的床上？！

昨晚他们喝醉了酒，然后发生了什么？

门外一片嘈杂。

小林道："温长老，花护法，您二位怎么过来了？"

一道属于女子的温婉声线传来："今日教主到了此刻还未起身，我不免有些担忧。"

小林道："花护法不必担心，想来教主已经在更衣了。"

季寒脸色阴沉，想要从床上爬起来，蚕丝被滑落，露出上半身。

季寒："……"

赵剑归："……"

门外传来一名老者怒气冲冲的声音："他不过当了几天教主，就如此倦怠！你把门打开，老夫要替老教主好好教训教训他！"

小林道："温长老，您千万别激动！"

季寒拼命将那一床被子往赵剑归头上蒙过去。

赵剑归还沉浸在面对此情此景的茫然中，对季寒的举动十分不解。

季寒道："你若是敢露出脸来，本座就掐死你！"

赵剑归："……"

房门被温长老强行推开。

屋外，小林领着几名侍女尴尬地站在门边，温长老气势汹汹闯了进来，花护法站在一旁，似乎想看热闹。

季寒裹着半床被子，看起来似乎是想要用被子闷死床上的另一个人。

温长老："……"

17

季寒呆滞了片刻，忽然回过神来。

温长老等人并不识得赵剑归的模样，他可是魔教教主，魔教教主房间里有个人怎么了？！

他这么想着，心中不免又有了底气。

"谁让你们进来的？"季寒冷冷说道，"都去议事堂，本座随后就来。"

小林望着地上的衣物，茫然道："教……教主，这不是赵大侠的衣服吗？"

季寒："……"

温长老问："赵大侠？"

花护法也有些吃惊，问道："可是第一剑客赵剑归？"

小林仿佛明白自己犯了大错，"扑通"一声跪倒在地，大喊道："属下还不想死！教主饶命！"

季寒道："嗬……"

温长老的神色阴晴不定，可总算只是重哼一声，扭头向议事堂去了。

花护法掩面笑了片刻，开口道："教主，属下先往议事堂去了，您……您穿好衣服再来吧。"

季寒："……"

她走出两步，又扭过头来，笑吟吟补上一句："没想到您也会醉酒。"

季寒："……"

18

　　季寒冷着脸，再没和赵剑归说过半句话，匆匆穿好衣服，头也不回地转身离去。

　　赵剑归仍然满心茫然。

　　小林从门外探出了半个脑袋。

　　他满脸喜色，看起来十分开心："教主平日里的酒量极好，昨晚却醉得那样快，大概是饿着肚子喝酒，又太信任您的缘故吧。"

　　赵剑归："……"

　　小林道："我会将这个捷报传回浩然盟的！赵大侠您且再接再厉，务必要让教主完全信任您，这样我们才好内外夹攻，一举拿下魔教啊！"

　　赵剑归："……"

　　好吧，他勉强算是不负前辈重托，至少能让季寒卸下防备，放心在他面前醉酒了。

　　可是为什么成功的感觉……有点古怪？

19

　　小林问赵剑归："教主酒量虽好，但并不是肆意酗酒的人，赵大侠究竟是如何将教主灌醉的？小人心中实在是好奇。"

　　赵剑归只好将昨晚的事一一与他说了。

　　小林神色古怪。

　　"赵大侠。"小林艰难开口，"前辈们让您找的不是教主剑术上的弱点。"

赵剑归有些茫然。

小林说道："是性格上的缺陷。"

赵剑归："……"

原来是这样！

只有把握住季寒内心的柔软之处，才能更精准地击中他的软肋啊！

赵剑归恍然大悟。

小林又从怀中掏出一本小册子。

小林说："想来原先那个词本已经不够应付当下的境况，这是前辈们托我交给赵大侠的新词本。"

赵剑归："……"

赵剑归将新词本仔仔细细看了几遍，季寒仍没有回来。

赵剑归对词本上的内容颇为怀疑："这真的有用吗？"

小林说："有用有用！当然有用！"

赵剑归问："季寒真的会信这些？"

小林道："教主与您一样是剑痴，又没有什么朋友，人生阅历并不算丰富，初出茅庐也不懂太多江湖险恶，应该是会信的。"

赵剑归纠结许久，终于答应下来："好吧，我且试一试。"

20

季寒从议事堂回来时已是暮时。

他阴沉着一张脸，心情十分不好。

赵剑归心里明白。

魔教向来唯教主马首是瞻，虽比不得正派律法严明，可季寒毕竟年轻，教中长老难免会多管教他一些。

闹出这种事情来，他大概是挨了骂。

季寒一进门，便有侍女端上热水饭食，请他漱口洗手，再伺候他用膳。

早些时候，赵剑归已在小林的关照下吃过晚饭，可此时他只能死乞白赖凑上来，要与季寒一同用膳。

季寒对赵剑归还未离开感到十分惊讶。

但他实在不想与赵剑归说话，只好朝身边的大丫鬟使了个眼色。

大丫鬟是个精明姑娘，自然明白教主这眼神的意思。

她走到赵剑归面前，开口道："赵公子，您该回去了。"

赵剑归稍稍纠结，最终还是决定按词本上的路子走下去。

大丫鬟重复道："赵公子，您该回去了。"

赵剑归问："回哪儿去？"

大丫鬟说："自然是回您自个儿的屋子里。"

赵剑归说："我不回去。"

大丫鬟说："天色已晚，赵公子还是请回吧。"

"不。"赵剑归的语调微微一转，压低声音道，"我头疼，我不要回去。"

大丫鬟："……"

季寒："……"

21

大丫鬟很希望自己能够当场消失。

季寒的脸色已经变得十分难看。

她知道教主此刻正在爆发的边缘，眼前这位赵大侠若是再说错一句话，很可能就会被教主丢出去剁碎了喂野狗。

她开始有些同情这位大侠了。

季寒已忍不住开了口："你头疼与本座何干，为何要留在本座屋中？"

他其实很想说，面对面前这个人，他也很头疼！

赵剑归纠结万分，道："若不是因为你灌醉我，我又怎会头疼。"

他说了这么两句，已崩不住常年挂在脸上冷淡的表情——喝个酒而已，哪有那么严重。

季寒怔了片刻，似乎想起赵剑归之前的确说过不会喝酒，如今头一回尝试就喝那么多，头疼也在情理之中了。

若不是自己非要与他比拼酒量，他那样冷静自持的人，想必绝不会如此放纵。

这样想着，季寒沉默了。

对方舍命陪君子，自己又怎能过河拆桥，上屋抽梯。

赵剑归只觉得自己是在欺负一个不谙世事的年轻人，利用季寒那点浸在骨子里的孤独和想要有个至交好友的心。

他心中羞愧无比，可也只能咬牙按着词本上的话说下去。

"我饿了。"赵剑归说道，"我还不曾吃饭。"

侍女们齐刷刷将目光移到了季寒脸上。

季寒静默许久，终于开口道："去添双筷子。"

赵剑归松了一口气。

小林说中了，季寒果然不懂江湖险恶，也不懂虚假的人心。

侍女们加了碗筷，请赵剑归坐在季寒身旁，而后纷纷退去，只留大丫鬟一人在旁伺候。

季寒闭嘴不言，只顾吃饭。

赵剑归先前吃过东西，并不觉得饿，吃了两口便放下筷子。

好半晌，季寒别扭着开口问道："你怎么不吃了？"

赵剑归想了想词，答："我不舒服，吃不下。"

季寒："……"

赵剑归只觉得尴尬无比。

新词本上都写的什么鬼玩意儿！

还能不能好了啊？

为什么每一句词都要暗示他好像付出了很多啊！

他明明没有付出什么，反而是在利用，是在欺瞒，是在索取季寒向往的那点兄弟之情。

就在赵剑归愣神时，季寒忽然极生硬地往他碗里夹了一块肉，说话的模样仿佛喉咙里哽着了鱼刺。

"不舒服也不能饿着自己。"季寒说道，"你喜欢吃什么就吩咐厨娘去做。"

赵剑归："……"

这才不是他认识的魔教教主！

22

赵剑归呆愣当场，一时竟不知要如何言语。

两人就这么闷声吃了一会儿饭，季寒忽然开口与赵剑归说道："你不舒服，可要叫大夫过来看一看？"

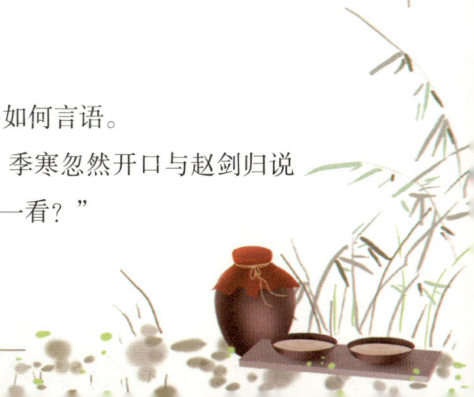

赵剑归闻言，几乎要被一口饭噎死。

季寒这未免也……也太过热心了。

他没病看什么大夫啊！看了就要暴露了呀！

赵剑归咳嗽许久，好不容易咽下那口饭，急匆匆说道："不必了！"

季寒见他噎得难受，抬起手来，好似要给他抚背顺气，可那手抬了半晌，又放了下去。

他仍有些犹疑，说道："你莫慌，教中阎大夫的医术一向很好，尤其擅长针灸。"

赵剑归说："真的不必了……"

季寒道："不要讳疾忌医。"

赵剑归顽强抵抗："我挺好的……"

如果大夫来了他才真的要不好了，针灸什么的，想想就很吓人啊！

季寒眉峰微蹙，显得十分不解："方才你不是还说头疼不舒服吗？"

赵剑归说："方才那是……那是……"

他也不知该如何圆这个谎了。

季寒沉默不言，赵剑归也不敢再开口说话。

大丫鬟觉得气氛尴尬，也觉得季寒此举不妥，忍不住凑到季寒耳边，小声与他低语了几句。

季寒讶然道："不必请大夫？"

大丫鬟神色凝重，内心惴惴，却还是点了点头。

季寒觉得自己已经明了此事，便又开口道："那就不必请大夫了。"

赵剑归松了一口气。

季寒对大丫鬟道："你去将药取来吧。"

赵剑归："……"

药？

什么药？

他们刚刚到底说了什么？！

不，人不能随便乱吃药！

赵剑归脑中灵光一闪，隐约想起旧词本上有那么一句关于药的话。

下一秒，他忽然从桌上伸出手，紧紧扯住了季寒的衣袖。

季寒不免大惊失色，问道："你要做什么？！"

赵剑归说："不必去拿药了。"

季寒不解道："有病看病，用了药就好了。"

赵剑归强装镇定，一脸恳切道："真的不用了！"

季寒："……"

已走到门边的大丫鬟："……"

23

赵剑归说完这句话，自己也觉得太过失态，便不敢直视季寒的眼睛，只好垂下眼去。

季寒的手白皙消瘦，指骨修长，虎口与掌心有一层薄茧，指甲修剪得恰到好处。

这是一双握剑的手。

季寒大约是被赵剑归突如其来的动作吓着了，呆怔了大半晌，全然忘记了收回衣袖。

大丫鬟颤颤巍巍地开口问："教主，奴婢还需要去拿药吗？"

没有人回答。

季寒正在缓缓回神。

恰好小林手捧厚厚一沓账册走了进来。

"教主，这是漠北、江南等七个分舵今年的账册。"小林说道，"请教主过目。"

季寒点了点头，让小林先将东西送到书房。

大丫鬟趁机同小林一块儿溜了出去。

季寒板着脸与赵剑归道："罢了，你若不想用药，本座也不会勉强你。"

赵剑归松了一口气。

这就好。

那我们能把去取药的大丫鬟叫回来吗？

季寒蹙眉沉默半晌，又语气生硬地往下说道："你……你吃完饭早些休息。"

赵剑归并未觉得不妥，只是点头。

不吃药什么都好说呀！

24

季寒离开后，侍女们都在门外等候吩咐，屋内便只剩下了赵剑归一人。

他放下碗筷，一时不知自己是该回房休息还是继续留在此处等候。

他早就在季寒的屋子里转过好几圈，并不曾看到传言中季寒床头的画像，大概是取下来了。

片刻后，小林又偷溜了回来。

"赵大侠。"小林小心翼翼喊道，"教主忙于公务，只怕不会那么早回来。"

赵剑归点了点头。

小林说："恐怕得委屈赵大侠您再多等一会儿了。"

赵剑归说："我不能回去吗？"

小林道："当然不能！"

赵剑归："……"

小林说："现今形势大好，我们应当乘胜追击，一举拿下教主才对，怎么可以轻易放弃！"

赵剑归："……"

小林激动地咽了一口唾沫，仔细想了想，而后与赵剑归道："赵大侠，有一事我还需与您商量商量。"

赵剑归问："怎么了？"

小林道："方才我收到盟主消息，盟中截获了寒鸦密报，得知寒鸦收了重金，要在今晚子时刺杀教主。"

赵剑归怔了怔。

寒鸦是江湖中臭名昭著的暗杀组织，黑白两道都不愿意与他们为伍。他们的杀伤力极为可怕，门下三大高手的武功高得惊人，连赵剑归都不得不承认，若是寒鸦想取他的性命，他很可能会在他们的围攻里被杀死。

可他并不担心。

季寒的剑术虽稍逊于他，但魔教守卫森严，魔教教主又岂

是那么容易被杀死的。

小林道："我们并不知道教中什么人已被寒鸦收买，哪怕是教主的贴身护卫，也可能对他下手。"

赵剑归心里犹疑，道："是什么人想要杀他？"

小林道："教主年纪太轻，根基浅薄，又迟迟不肯对浩然盟动手，教中已有人不满。"

赵剑归脑中倏忽晃过今日见过的花护法与温长老的模样，他总感觉这两个人对季寒的态度并不算恭敬。

小林说："赵大侠，您若博得教主信任，与教主结义，就可以顺利打探魔教攻打浩然盟的计划，还可以伺机离间他与魔教护法、长老的关系。可教主若是死了，魔教定会从几位长老、护法中选出下一任教主，这些人城府深重，性格偏激，比不得教主那么单纯好骗，对我们百害而无一利。"

赵剑归隐约猜到了小林的言下之意，但又不敢确定，只好问："盟主想要我如何？"

小林按照盟主传达的意思，道："盟主自然是希望赵大侠尽早成功。这几日……这几日只怕还得赵大侠多加提防，小心护着些教主。"

赵剑归："……"

小林眼巴巴望着他。

赵剑归只得叹了一口气，道："你放心，我定会护季寒周全。"

小林欣喜道："赵大侠，若您真心保护教主，教主见了，心中也会欢喜，定然会对赵大侠您更加信任啊！"

赵剑归："……"

小林说："赵大侠，一切就靠您了！"

赵剑归："……"

25

临近子时，季寒才从书房回来。

赵剑归已有些沉不住气。

他的剑并不在身边——教主房间是绝不许人随意佩戴刀剑进入的，昨夜小林将他拖到这个屋子里来时，已将他的剑解下，收在了自己屋里。

小林去取他的剑了，可不知为什么，直到现在还未回来。

季寒看见赵剑归，显得十分吃惊，下意识就问："你怎么还没走？"

说完这句话，他忽然就后悔了。

赵剑归一定会用奇奇怪怪的话来回答他的。

昨晚他为什么要喝酒！

赵剑归反问他："我为什么要走？"

季寒不想说话。

他打开门，将门外的大丫鬟唤了进来。

"你把他送回去。"季寒说道，"本座要休息了。"

赵剑归说："我不走。"

他有些紧张，小林方才告诉他，若是季寒一定要他走，他就立即扑上去，死死抱住屋内的柱子，这样季寒就没法将他赶出门了。

季寒蹙眉看着他。

赵剑归已打算豁出脸面，去抱柱子了。

门外忽然传来一阵惨叫。

赵剑归登时警醒起来。

子时已至，寒鸦啼鸣。

26

没有剑在身边，赵剑归禁不住有些紧张。

季寒自恃武艺高强，门外并没有多少护卫守候，但即便如此，寒鸦能将这些护卫一举击杀，也是极为可怕的敌人。

大丫鬟面色苍白，强装镇定。

季寒并不知道发生了什么事，却也明白这绝不是什么好事情。

他已嗅到了血腥味。

门外有三人踏了进来——一名留着小胡子的白面书生，一个十七八岁的青衣少女，还有一名拄着拐杖的干瘪老头儿。

这实在是一个很奇怪的组合，可赵剑归丝毫不觉得有意思。

为了刺杀魔教教主，寒鸦竟同时派出了组织里的三大高手。

他们犯不着埋伏暗杀，因为他们的功夫已足以杀死江湖上的大部分人。

先开口的是那名白面书生，名叫史盖。

史盖的目光在季寒脸上停留了很久，而后出声感慨。

"想不到魔教教主生得这般俊俏。"他叹道，"可惜了。"

季寒："……"

青衣少女满脸厌恶，道："你能不能不要说得这么恶心。"

她叫许景莺，曾经是峨眉掌门的真传弟子，看起来还是一个少女，可实际已有二十八岁了。

她也用剑，而且用得极好。

剩下的老头儿姓孙，没有人知道他的名字，江湖人都称他为"拐子孙"，因为他的武器就是他手中的那根铁拐。

季寒大抵猜出了他们是什么人，心下微紧，只是面上强作镇定。

拐子孙问："这位可是赵剑归赵大侠？"

赵剑归道："是。"

一旁的史盖咋舌，喃喃："想不到第一剑客也生得如此俊俏，看着不大像打打杀杀的粗人，倒像是矜贵公子、风雅书生。"

赵剑归："……"

江湖人就不必如此以貌取人了吧？

拐子孙轻咳一声，道："赵大侠，我们的目标并不是你，可否请赵大侠行个方便？"

赵剑归道："不行。"

史盖叹了一口气，似乎觉得很是遗憾。

"我听这儿的下人说，赵大侠今日身体抱恙，那想必是不能动手了。"他道，"既然你敌不过我们，为何不干脆抛下这魔头，独自逃走呢？"

季寒闻言，愣怔半晌，才发觉史盖这话仿佛点破了什么——对啊，赵剑归分明可以置身事外，为什么不走？

他侧头看向身旁的赵剑归，恰逢赵剑归也看过来，两人的视线碰撞在一起。

谁也没有说话，却都觉得心里一暖。

今生有幸，得一知己，并肩作战。

那厢史盖觉得十分惊讶，感慨道："他们说的竟然是真的，'正道之光'真的弃明投暗，跟魔教教主混在一起了。"

许景莺大骂："你闭嘴！不许再说话了！"

季寒也不想与他们说话，朝大丫鬟使了个眼色。

大丫鬟会意，抓着赵剑归退到一旁。

赵剑归不解道："你这是……"

大丫鬟从腰带中抽出一柄软剑，显然她也是会些功夫的。

她低声与赵剑归道："赵公子身体不适，切莫勉强自己。"

赵剑归："……"

他并没有哪儿不舒服呀！

大丫鬟恳切道："请赵公子一定要相信教主！"

赵剑归："……"

27

赵剑归见过季寒的剑。

当季寒练剑时，他曾无意瞥见过一招半式，因此很清楚季寒的根底。

他也从江湖人口中听说过季寒的剑。

若是单打独斗，这三人绝不是季寒的对手；以一敌二，季寒大概也能险胜；可倘若三人同时出手，再用些下三烂的手段，季寒或许能重伤一二，可他自己也必输无疑。

这三人是来取他性命的，若是他输了，他的命自然也不会在了。

史盖忽然极惋惜地开口说道："季教主，你若不挣扎，还能死得舒服一些。"

季寒冷冷地望着他，并不言语。

史盖叹了一口气，道："可惜了，本来我还觉得自己与你惺惺相惜。"

许景莺嫌恶地皱起眉头，说："惺惺相惜？你杀人之前可不可以不要说这么多恶心人的废话？！"

史盖只好闭上嘴。

赵剑归却更加担忧了。

少年成名的人都会高估自己的实力，他担心季寒也会如此。

若季寒没有高估自己，那他就该知道，这一战他必败无疑。

既然如此，他又为何要出手？

难道他只是想拖延时间，等到魔教其余人赶来？

赵剑归实在想不透。

现今也不是想这些事的时候。

他的剑虽不在身边，却也可以寻一些其他东西来代替。

哪怕是凭着一双肉掌，他也定要护住季寒的性命。

一阵风起，拐子孙怪笑道："那就不必浪费时间了，季教主，拔剑吧。"

季寒仍是不语，剑却已在手中。

拐子孙使的是铁拐，许景莺使的是剑，史盖用的则是一条长鞭。

季寒的剑方才出鞘，史盖的长鞭就已朝着季寒的头脸劈了下来。他方才与季寒说话时还是十分同情怜惜的口吻，眼下出手却不留半点情面，招式阴狠毒辣，好似一瞬间季寒便已变成了他不共戴天的仇人。

许景莺与拐子孙也一齐朝着季寒攻了过去。

赵剑归的一颗心几乎悬到了嗓子眼。

大丫鬟将他死死护在身后，仿佛把他当成了奄奄一息的病人。他正想推开大丫鬟，拐子孙的铁拐忽然转了个弯儿，朝着他的方向挥过来。

在这些人面前，大丫鬟的功夫实在算不得什么，她手中拿的又是软剑，是断然挡不住拐子孙这一招的。

赵剑归扯住她的胳膊，急急朝后退，想要避开铁拐。

拐子孙怪叫了起来。

"赵剑归！"他尖着嗓子喊道，"你接我这一招！"

赵剑归心中忽觉不好。下一秒，季寒果真被拐子孙一句话乱了心神，撤剑折了回来。

他的剑招只攻不守，本没有退路，这一剑刺到一半，硬生生撤了招，一瞬间竟觉得胸内气息翻涌，眼前发黑。

史盖自然不会放过这个绝好的机会，他的鞭子比许景莺的剑要长，几乎在季寒转身时已一鞭狠狠抽在了季寒背上。

拐子孙的铁拐也忽然折了回来，重重地砸在了季寒胸口。

饶是季寒最后一刻拼着内劲护住心脉，也被这一招击成重伤，吐出一口鲜血，勉强拄剑跪倒在地。

原来拐子孙对着赵剑归的那一下不过是虚招，他们早就研究过季寒的剑路，为的就是逼季寒撤剑，再趁他气息不稳时合力将其击杀。

拐子孙的唇边已带上了笑意。

这真是一个好计策，就连魔教教主也要死于他们手下。

他还未笑出声来，便感觉到一股从未经历过的刺痛。

他低下头，看见一柄剑从他的下腹斜刺而入，想必剑尖已透过了他的后背。

是季寒的剑。

拐子孙难以置信地望着季寒，恼得想要用铁拐捣碎这个人的脸，可他的手已然没有力气了。

拐子孙倒了下去。

季寒几乎拼尽了他最后一丝气力。

许景莺的剑也要刺到季寒了。

赵剑归已来不及多想，他夺过大丫鬟的那柄软剑，朝着许景莺的手腕削去。

许景莺为了避开软剑，只能将这一剑刺偏。

赵剑归其实并不会使软剑，他不过是要了个心眼。许景莺并不知道他不会用软剑，而江湖人称他为"第一剑客"，她见他出手，难免会有些忌惮。

大丫鬟已吓得面色惨白，急忙扑到季寒身边，封住季寒几处穴道，又从腰间小包中掏出一些应急的疗伤药丸。

季寒几近昏迷。

史盖与许景莺未想到赵剑归真的会出手。

拐子孙已死，两人就算联手对付赵剑归也有些困难。

许景莺忽然气急败坏地朝着史盖小声骂道："你不是说赵剑归行动不便吗？骗子！"

史盖愁眉苦脸，说道："魔教的下人都是这么传的，我也不知道啊，难道……难道说……"

他看了看昏迷不醒的季寒，似有所悟。

这儿是魔教，魔教下人传的话自然是向着他们主子的。

"我懂了。"史盖点点头，说，"不胜酒力，喝了点酒便身体不适的人，是季教主。"

28

两人虽在争吵，但目光并未从赵剑归身上移开。

拐子孙死了，他们看起来却没有一点儿难过。

杀手本就该这么冷血无情的。

他们只是死死盯着赵剑归，仔细提防他下一步的动作。

赵剑归思绪复杂。

他与小林不过是为了浩然盟的安危，合伙欺骗季寒，季寒信以为真也就罢了，却不承想季寒真的会豁出命来护着"身体不适"的他。

如此重情义的魔教教主，他倒是第一次见着。

他放下了大丫鬟的软剑。

他既然不会使软剑，那这柄剑对他的用处也就不大了。

季寒的剑还斜刺在拐子孙的小腹中——刺出这一剑后，季寒已无力再将剑拔出来。

赵剑归的心底仿佛有什么东西在轻轻跃动着，使他的思绪无比杂乱，待握住剑柄后，他才一点一点冷静了下来。

这把剑比他的剑要窄一些，长一些，也要轻一些。

即便如此，他也觉得很顺手。

这本就是一柄好剑。

他的心已完全静了下来。

史盖与许景莺总算察觉到不对劲。

一次刺杀不成，还可以有第二次，他们犯不着把命丢在这儿。就算他们侥幸能在赵剑归的剑下留得性命，缺胳膊少腿总是免不了的，后半辈子可怎么办？

许景莺思索一番，试探道："赵大侠，我们三人若是打起来，难免都会受伤，不如我们各退一步……"

"不必多言。"赵剑归握着剑，心如止水，"我绝不会放你们离开。"

许景莺道："可是……"

赵剑归冷冷道："拔剑！"

29

魔教温长老终于带着人赶了过来。

许景莺已受了重伤，史盖也几近穷途末路。

魔教众人将许景莺与史盖擒下制服，温长老走到赵剑归身边，显得十分关切，出声询问。

"赵大侠，"他说道，"您还好吧？"

赵剑归的右肩挨了许景莺一剑，其实伤口并不深，可他穿的是白衣，此时看起来鲜血淋漓，十分吓人。

温长老道："这两人暂先交由教中处理，赵大侠应该没有异议吧？"

赵剑归看了看他，神色有些复杂。

温长老见他点头，这才转头看了看重伤昏迷的季寒，说道："赵大侠请放心，我这就派人去寻阎大夫过来。"

赵剑归本想问问小林的下落，取一把剑根本用不着这么长

时间，他担心小林已遭了寒鸦毒手，可这温长老实在有些古怪。

他终究没有开口。

魔教弟子将许景莺、史盖两人封住穴道后押了下去，又忙着清理拐子孙的尸体，救治门外重伤的护卫。

这一切实在太过熟练有序，好似魔教隔三岔五便会有刺客攻进来，再死上个把人一样。

赵剑归已不想说话了。

大丫鬟神色紧张地守在季寒身边。

赵剑归走过去，捡起地上的剑鞘，还剑归鞘，再将长剑放到季寒身旁。

季寒的脸色惨白如纸，因方才呕过血，唇边还有斑斑血迹。

赵剑归蹲下身子，仔细看了看他，原想伸出手替他拭去污血，忽然又想起这屋内还有不少人在直勾勾盯着他们，这么做未免太过亲密了。

他这样一想，动作顿了顿，最终只是用僵硬的姿势探了探季寒的鼻息，心中感慨：嗯，还没死。

幸而还没死。

赵剑归松了一口气。

他抬起头，发现大丫鬟正一脸无言地望着他。

赵剑归觉得自己应该要说些什么，可他忽然就不知道该说什么才好了。

词本里可没有提过季寒重伤时他该怎么办。

末了，赵剑归只得干巴巴说道："你放心，他不会有事的。"

大丫鬟仍不说话。

这话倒像他在安慰自己了。

赵剑归觉得十分尴尬。

大丫鬟左右环顾，忽然低声与他说道："赵公子，您……我知道您是在骗教主了。"

赵剑归猛然一惊，以为大丫鬟看出了他是为利用魔教教主而来。

大丫鬟又道："您并没有头疼不适，也并非滴酒不沾之人吧？"

赵剑归说："呃……"

原来她说的是这件事。

赵剑归蹙起眉来，仔细思索此刻当如何应付过去。

大丫鬟叹了一口气，说："您放心，我不会告诉教主的。"

赵剑归一脸茫然。

"我看得出您是真心护着教主。"大丫鬟说，"否则，方才您也不会为了教主如此愤怒。"

赵剑归："……"

这里面似乎有些误会。

大丫鬟说："只不过您的方式错了，在意一个人，本就该与他坦诚相待。这次便罢了，奴婢还望赵公子今后不要再欺骗教主了。"

赵剑归："……"

怎么就罢了……这不是一个小谎，这事明明很严重呀！

大丫鬟道："教主虽然不肯多说，可这一战后，我也看得出他是关心您的。"

赵剑归："……"

"赵公子。"大丫鬟掐着小手绢，感动得满眼泪花，"人生得一知己实属不易，我祝你们肝胆相照、亲如兄弟！"

赵剑归："……"

30

阎大夫是一个年轻人。

他的年纪比季寒大不了多少，却总喜欢摆着一张臭脸，态度有些轻慢，好似所有人都欠了他百八十万两银子。

可魔教众人对他的态度都很尊敬。

他只是蹲下身，稍微看了看季寒的伤口，便傲然开口说道："死不了。"

赵剑归很不喜欢这个人。

阎大夫让人将季寒抬到床上，又说自己救人时不喜欢有旁人看着，便将所有人赶了出去。

赵剑归在门外焦急等候，魔教内的长老、堂主都带着人赶来了。

花护法是最迟赶来的。

她手下的弟子抬着昏迷不醒的小林来找阎大夫。

"他被人打晕后丢进假山里了。"花护法说道，"巡逻的守卫发现了他。"

赵剑归凑上去看了看。

小林的头上的确鼓起一个大包，可这至多只算轻伤。

季寒门外的护卫非死即伤，寒鸦对护卫都下了重手，为何又对小林手下留情？

赵剑归不知是自己多虑了，还是这件事本来就有些蹊跷。

房门开了，阎大夫从里面走出来，又被花护法请去检查小林头上的伤。

赵剑归急忙进了屋里。

季寒的气息已经平缓不少，虽仍然昏迷未醒，可脸色总归好看了不少。

赵剑归松了一口气。

这个阎大夫虽惹人讨厌，医术倒还算高明。

季寒需要静养，于是长老护法们纷纷离去，但他们走开前纷纷向赵剑归看过来，目光里蕴含的意味实在是耐人寻味。

打量自己的人多了，赵剑归实在尴尬，只好离开。

大丫鬟急忙拦住他，说道："赵公子，我已经吩咐人收拾了地方，公子可以先住在这里的。"

赵剑归一怔，疑惑道："收拾了地方？"

大丫鬟一本正经地点点头，说："贵妃榻。"

赵剑归："……"

大丫鬟迟疑道："呃……或者赵公子您想睡在教主床上？"

赵剑归说："不是……"

大丫鬟说："那教主就交给您了。赵公子，若您有什么吩咐，和我或是小林说一声便是。"

赵剑归忽然明白过来，大丫鬟这是想要他照顾重伤的季寒。

认真说来，贴身照料的确不失为一个示好的好机会。

赵剑归尚且有些犹豫。

大丫鬟说道："教主醒来时若是看见赵公子就在身边，想必会很高兴的。"

赵剑归说："我从未照顾过病人……"

大丫鬟道："凡事总有第一次的。"

赵剑归："……"

大丫鬟道："有我们帮您，一切会很顺利的。"

赵剑归说："可是……"

可是季寒伤得这么重，他一不小心把人弄死了怎么办？

大丫鬟看赵剑归如此犹豫，禁不住叹了一口气，说："赵公子。"

赵剑归问："怎么了？"

大丫鬟拍了拍赵剑归的肩，一本正经道："做人要懂得知恩图报啊。"

赵剑归："……"

大丫鬟道："我们教主为了护着您，受重伤也在所不惜，您哪怕是石头心肠，此时也该回报一二啊。"

赵剑归："……"

31

赵剑归不知此刻该如何才好。

好在不多时小林醒了过来。

他头上的鼓包还未消退，却已激动得好似恨不得拉着赵剑归出门跑个百八十圈。

"好机会呀，赵大侠！"小林压低声音道，"这是一个好机会！"

赵剑归问他："这……我该怎么办？"

没有了词本指引，他忽然就有些手足无措。

小林说："教主为了保护您受伤，此刻您应当非常担忧、食不下咽才是！"

赵剑归："……"

担心的确有一些，可还未到小林所说的地步。

小林说："等教主醒来，若他看见赵大侠日夜守候在他身边，因连日不曾休息而日渐消瘦，总算熬不住而在他床边睡着时，他一定会很感动的！"

赵剑归说："这……"

小林道："赵大侠，请您相信我！"

赵剑归姑且信了他。

他搬了一把椅子，在季寒床边坐下。

此时已是清晨，这么呆坐着一动不动实在无趣，赵剑归看季寒没有丝毫要苏醒的迹象，索性闭上眼，在心中默默念起内功口诀来。

待到这日晚上，赵剑归用了些膳，还算不得非常困倦，于是又回到季寒床边。

大丫鬟以为他是太过担忧而无法入眠，劝过他两次，见他执意不肯去休息，便悄悄燃了安神香。

赵剑归对熏香毫无研究，而季寒房内总是燃着香的，他根本分辨不出大丫鬟烧的究竟是什么玩意儿。此时他已有些乏困，到了后半夜，香味仿佛越发浓烈，他靠在季寒床头，不知不觉便沉沉睡着了。

他猜自己大概只睡了一个时辰，有人在身边咳嗽，他便睁开了眼。屋外已隐隐投进些晨光来，他别过头，这才发现季寒已经醒了，只是咳个不停，不能开口说话。

大丫鬟与小林听见声响，进屋看了一眼，急忙让人去请阎大夫过来。

赵剑归一时不知所措，见季寒咳得这么厉害，便将他扶起来，拍着后背想为他顺顺气。

他忘了季寒背上还有鞭伤。

大丫鬟想要出声制止，却已经迟了。

赵剑归一巴掌拍到了季寒背上，用的劲虽不算大，可想来还是很疼的。

季寒疼得倒吸了一口气，抬头想要瞪他，却咳得更厉害了。

赵剑归心想：完了，果然搞出事情了。

他这念头才在脑子里一晃，季寒便吐出一口血来。

赵剑归立马慌了。

他拉住小林的手，语无伦次道："阎大夫呢？"

小林说："他应该快来了，赵大侠，您别慌啊……"

赵剑归道："我一掌把你们教主拍吐血了啊！"

大丫鬟不慌不乱地倒了一杯热水过来，缓缓喂季寒喝了，待季寒止住咳嗽，阎大夫也赶到了。

一干闲杂人等又被他赶出门外。

赵剑归十分懊恼。

他神情沮丧，小声与小林道："我把事情搞砸了。"

小林安慰他："赵大侠，您不必这样自责的。"

赵剑归说："别说感动，季寒现在只怕要恨我了。"

小林说："赵大侠您尽管放心，我们教主不是那么小心眼的人。"

赵剑归只觉得心如死灰，低声道："现今我该怎么办才好？"

小林从怀中摸出了一包松子糖。

"赵大侠，您放心，我还有其他办法。"他的语气平淡，看起来似乎很有把握，"教主他怕苦，不喜欢喝药，您带着这包松子糖，待到教主喝药时，把糖给他就好了。"

赵剑归叹了一口气，抱着最后一丝希望，满脸忧虑地收下了这包松子糖。

32

　　阎大夫留了药方，又给大丫鬟交代了一些需要注意的事项。

　　季寒身体底子好，估摸着要不了几日便可下床行走，休养个把月也就能完全恢复了。

　　赵剑归却仍是垂头丧气，一想到自己一巴掌把季寒拍得吐了血，心中便十分懊恼。

　　他坐在离床老远的角落里，看大丫鬟与侍女服侍季寒喝了一碗白粥。药还未煎好，她们喂了粥，便要扶季寒重新躺下休息。

　　季寒却并不愿意躺下，他附耳与大丫鬟说了一句什么，大丫鬟便扭头走了过来，一脸意味深长，与赵剑归道："赵公子，教主让您过去说话。"

　　赵剑归一瞬间以为自己听岔了话。

　　大丫鬟笑吟吟道："赵公子，总不能让教主过来吧？"

　　赵剑归只好过去了。

　　季寒的脸上已有了血色，只是双唇仍是发白，气息微弱，说话也显得虚弱无力。

　　赵剑归不免更加内疚。

　　若不是他非要装着身体不适，季寒就不会受伤；若不是他非要给季寒顺气，季寒就不会吐血。

　　他几乎搞砸了整件事情。

　　季寒看着他的眼睛，轻声喊他的名字："赵剑归。"

　　赵剑归已愧疚得垂下头去。

　　季寒道："我受了极重的内伤，胸中本就有瘀血凝结。"

　　赵剑归懊恼道："抱歉，我不该拍你那一下的。"

　　季寒道："我吐的是胸中郁结的瘀血，不是被你一掌拍出

血来的。"

赵剑归："……"

季寒又道："不过你那一下拍打的确很疼。"

季寒说这话时神色平淡，并没有半点要生气的样子。

赵剑归说："是我的错。"

"你不必认错。"季寒想了想，有些犹豫，却仍旧开了口，"你……你有多久不曾好好休息了？"

赵剑归一怔。

他还来不及说话，大丫鬟已插嘴说道："教主伤重昏迷后，赵公子就没合过眼。"

季寒的神色看起来颇为复杂。

赵剑归道："我休息过的。"

季寒道："趴在床沿休息的？"

赵剑归道："习武之人，这算不了什么。"

季寒蹙起眉，转头吩咐大丫鬟将隔壁的屋子收拾出来。

"我已醒了，你也不必守在这儿了。"季寒对赵剑归说道，"我让他们收拾出隔壁的屋子，你过去好好休息吧。"

赵剑归怀里揣着那包松子糖，心想怎么也得等到季寒喝了药再离开，于是急忙道："无妨，教主不用担心，我方才歇息过一会儿的。"

赵剑归认真算了算时辰，又说："一个多时辰，足够了。"

季寒："……"

他不再言语，似乎觉得疲累。

大丫鬟将赵剑归拉出门外。

"赵公子，您先休息吧。"她说道，"莫要教主的伤还未好，您的身体又垮了下去。"

赵剑归只好点头。

他回到隔壁屋中，随意洗了把脸，想着这两日发生的事情，脑中仍有些混乱。

关于温长老的事，他得去和季寒谈一谈，却不是现在这种时候。

季寒的伤还太重，自己稍过些日子再告诉他也不迟。

还有那两个刺客，不知魔教能从他们口中问出什么话来。要套出他们的主顾，只怕极难。他担心一次刺杀不成还会有第二次，若是有一次侥幸成功，那就不好了。

忽然，又有人来敲他的房门。

赵剑归将门打开，认出来人是季寒屋中的侍女。

小姑娘穿着一身青绿长裙，手中捧着雕花食盒，笑吟吟地将东西递给他。

"教主听闻赵公子至今还未进食，特意令奴婢送来这个。"她眨了眨眼，"这几日教主吃不得油腻，所以厨娘做的都是清淡小菜，也不知赵公子吃不吃得惯。"

赵剑归道："多谢。"

小姑娘并不着急离开，说："教主还说，若赵公子您吃不惯，想吃什么就吩咐厨房的人去做，厨娘的手艺还是很好的。"

赵剑归说："我吃得惯的。"

小姑娘完成任务，蹦蹦跳跳地回去复命了。

赵剑归打开食盒，里面除了白粥便只有青菜豆腐，果真清淡得很。

可这是季寒特意吩咐人送来的。

他夹起几根青菜，缓缓放入口中。

依今日季寒对自己的态度，赵剑归知道自己离成功不远了。

他长叹一口气，不知为何，竟觉得味同嚼蜡，丝毫开心不起来。

33

赵剑归一大早起来，听说季寒还沉睡未醒，便一个人去用了早膳，练了一会儿武功，只觉得神清气爽。

小林头上的包已消了肿，他激动万分地跑来找赵剑归。

小林说："赵大侠，教主醒啦！要喝药啦！"

赵剑归心中一阵激动，急忙朝着季寒房里跑去。

近日侍女们已知赵剑归深得季寒信任，因此对闯进教主房中的赵大侠视若不见，仿佛早已习以为常。

季寒散了发，披着外袍倚在床上，见他进来，也不过抬了抬眸，便继续垂下眼，盯着手中那碗浓黑的药汤。

他好不容易下定决心啜了一口药，立即蹙起眉来。

赵剑归一看自己来得正是时候，急忙摸出那包松子糖，大声喊道："季寒！"

季寒吓得手一抖，险些将药汤全部洒在床上。

"大清早的，"季寒冷着一张脸与他道，"你乱喊什么。"

赵剑归轻咳一声，说："是我失礼了。"

季寒又小啜了一口药汤，并不言语。

赵剑归问："你在喝药？"

季寒道："是。"

赵剑归说："这药看起来很苦呀。"

季寒不理他。

赵剑归小心翼翼地问："你……你是不是很怕苦？"

我兜里有一整包松子糖呀！

他已准备好说出这句话，季寒却忽然挑起眉来。

"你说什么？"季寒冷冰冰说道，"谁怕苦了？本座不怕苦，一点也不怕！"

赵剑归满心茫然："啊？"

季寒冷哼一声："男子汉大丈夫，怎么会怕苦呢！"

赵剑归说："不是……"

季寒仰头将那碗药一饮而尽。

赵剑归："……"

这是不是和小林说的不一样？

季寒捂着嘴，一副痛苦的表情，好似一张嘴就会把咽下去的东西都吐出来。

赵剑归半晌才回神，小心翼翼地道："你……你还好吗？"

季寒道："本座当然好！"

说完他又捂住了嘴，脸色煞白。

赵剑归："……"

年轻人真的很爱逞强啊。

赵剑归默默地将松子糖收了回去。

34

季寒终于缓了过来。

他嘴里絮絮叨叨："本座不怕苦，本座一点也不怕苦。"

赵剑归觉得眼前这个场景十分眼熟，好似他师父哄小师弟喝药一般，便点了点头，随口道："你的确不怕苦，算是一个小英雄了。"

季寒："……"

赵剑归望着他，脸上的表情十分慈爱。

季寒道："小英雄？"

赵剑归想，或许魔教是不兴这么哄孩子的，便干脆利落地改口道："小魔头。"

季寒呆怔半晌，冷笑道："赵剑归，你也该吃点儿药。"

赵剑归答得十分顺口："我又没病。"

现今他已将这话说得很是顺畅，竟没有一点儿不自在。

季寒道："你没病？若你没病，那就是装疯卖傻。"

赵剑归猛然想起了被遗忘许久的词本。

"装疯？"他努力回忆着词本上的内容，"我可没装，我是真的疯。"

季寒道："你又胡说什么？"

赵剑归笑了笑，低语道："若我没疯，又怎么会哄一个怕苦的小魔头喝药？"

季寒："……"

因重伤在身，季寒实在无力与他争执。

被人嘴上占一点便宜又不会掉两斤肉，随他去吧。

季寒如是想着。

季寒已垂下了双眼，赵剑归却不曾将目光移开。

他说出那句话后，不知为何脑中便只剩下了那四个字——装疯卖傻。

为了心中大义，他的确在装疯卖傻。

35

大丫鬟拿着一包蜜饯走进来。

她看着空空如也的药碗，吃惊片刻，随后便有些生气。

"教主，您又不肯好好吃药了。"大丫鬟叉腰怒道，"您把药倒在哪儿了？奴婢和您说过多少遍了，把药浇进花盆里花会死掉的！"

季寒道："本座没有……"

大丫鬟显然更加生气了，怒道："您还狡辩！教主，若不喝药，伤是好不了的！"

季寒道："本座真的喝完了……"

大丫鬟道："以往您受伤，一碗药得磨磨蹭蹭喝上小半个时辰，今天奴婢不过去取了下蜜饯，药碗便已经空了，一定是您将药偷偷倒掉了！"

季寒撇了撇嘴，看起来很是委屈。

赵剑归只好帮他解释道："他真的喝完了……"

大丫鬟仍有些怀疑，慎重道："赵公子，您不要帮他说谎。"

赵剑归哭笑不得，道："我巴不得他快些好起来，又怎么

会帮他说谎呢。"

大丫鬟道："那……教主真把药喝完啦？"

赵剑归郑重地点头："是。"

大丫鬟似乎信了他的话，眨了眨眼，又说："奴婢难得见教主喝药这么爽快，一定是赵大侠您为他加油鼓劲了吧？鼓励的力量果真是伟大的。"

赵剑归："……"

季寒："……"

死要面子的力量更伟大。

大丫鬟道："赵公子，奴婢有一事相求。"

赵剑归一怔："怎么了？"

大丫鬟满脸恳切道："以后伺候教主喝药的活儿就拜托您了！"

赵剑归："……"

季寒："……"

季寒道："我不要！"

36

大丫鬟退下之后，屋内两人互相望着，相顾无言。

季寒似乎觉得倦了，便又倚回了床头。

他只着了素白的单衣，外边披着他常穿的墨袍，散下的长发垂在衣襟上，少了些平日里傲然冷漠的气势。

赵剑归原是想与他谈一谈温长老的事情，可看他已微微阖上了眼，几番欲言又止，最终没有开口。

季寒看起来太累了，这些话留待几日后再说也不迟。

赵剑归这么想着，一时觉得无事可做，便干脆盯着季寒的面容看了起来。

不知过了多久，季寒似乎被他看得烦了，忍不住睁开眼，问道："本座脸上有花儿？"

赵剑归接得十分顺溜，说道："你脸上没有花儿。"

季寒道："那你盯着我做什么？"

赵剑归道："我并未特意盯着你，是你刚好出现在我的视野内。"

说完这话，赵剑归陡然意识到，自己张口说瞎话的本事似乎越来越炉火纯青了。

他原以为季寒会因他这句话生气，可季寒只是皱了皱眉，轻轻叹了一口气。

赵剑归不明白他为什么要叹气。

季寒静了片刻,问他:"你方才可是有什么话想与本座说？"

赵剑归有些犹豫。

季寒也不知是想到了什么，微蹙着眉与他道："你有什么事直接与我说便是，不要在心中藏着。"

赵剑归道："这是你教中之事，我是外人，本不该多嘴。"

季寒点了点头，道："你但说无妨。"

赵剑归说："那日你昏迷后，温长老带着人赶来。"

季寒道："我知道此事。"

"你昏迷不醒，他第一句问的却是我有无大碍。"赵剑归蹙起眉来，"我一直觉得很奇怪，他不应当先担心你才是吗？之后，他也只是随意看了你一眼，似乎一点也不担心。"

季寒却仿佛松了一口气，道："原来是这件事。"

赵剑归问他："很正常吗？"

季寒道："很正常。"

赵剑归十分不解。

季寒道："温长老向来不喜欢我，教中人都是知道的。"

赵剑归心中微惊，道："那会不会是他……"

季寒轻轻地摇了摇头，说："不会的，他虽不喜欢我，却还未愚蠢到动手杀我的地步。"

赵剑归静默半晌，忽而又道："我能问问他为什么厌恶你吗？"

魔教的关系脉络复杂，此刻他摸得越清楚，对浩然盟就越有利。

只不过赵剑归仍有疑惑——小林从未向盟中提过此事，以至于他竟不知魔教长老与教主暗有嫌隙。

小林身为正派暗线，在此事上未免也太过失职了。

季寒一直不曾开口回答，赵剑归开始觉得自己提这问题实在逾越了。

"此事缘由，连教中也没有几人清楚，你是正派中人，这件事我本不该告诉你的。"季寒轻叹一声，说，"可你又是……我想，将此事告诉你也没有什么关系。"

赵剑归心中微有触动。

季寒道："我并非教主嫡亲的儿子，前任教主是我的义父。"

赵剑归点点头，说："我知道。"

季寒道："此事江湖上早有传闻，还有人说他是作恶过多得了报应，所以才没有至亲血脉，可你们大概不知道，他其实有个亲生儿子。"

赵剑归说："这事我的确不知。"

季寒道："义父不希望他过刀口舐血的江湖日子，乃至将他养到十岁时，也不曾教他习武。"

赵剑归道："他既身为教主之子，无论如何也逃不过江湖中的腥风血雨。"

季寒道："所以义父就把他送了出去，寄养到寻常人家中……义父宁愿他一辈子碌碌无为,也不希望他踏入江湖半步。"

赵剑归一时竟不知要说什么才好，他想了想，师父若是不教他习剑，他又会是怎么样的光景。

他想不出来，只好随口感叹道："这大概便是父母对子女的爱吧。"

"那孩子的年岁与我相仿，今年应该也有二十余岁了。"季寒的神色看起来微有落寞，"他或许是一个农夫，是一个商贩，或是一个文人，却绝不会是一个身不由己的江湖人。"

赵剑归明白了，接话道："肯定有不少人觉得你捡了个大便宜。"

魔教讲究血脉相承，教中若有人因此不喜欢季寒，的确是再正常不过了。

季寒抿着唇，一言不发。

赵剑归问："你是不是……是不是一直很羡慕他？"

季寒似乎吃了一惊，说："你怎么会这么说？"

赵剑归说："我只是胡乱猜想。"

两人又静了片刻，季寒忽而开口："有时候会有一点羡慕吧。"

赵剑归静静地看着他。

季寒低声道："其实我并没有那么喜欢剑。"

一句话轻得似是耳语，赵剑归几乎以为自己听错了。

他忽然觉得季寒甚是可怜。

赵剑归脱口道："那我和剑相比呢？"

这句话词本上没有，他想自己大概是被词本带坏了。

季寒愣了好半晌，说道："你……你和剑怎么一样？"

赵剑归点点头，十分难过地说："我明白了，我在你心中连一把剑都比不上。"

季寒："……"

37

季寒一脸冷静地看着他："你又说胡话了。"

赵剑归不管不顾道："我知道，在你心中……"

季寒仍是很镇定，说："本座绝不会舍命去救一柄剑。"

赵剑归愣怔片刻，还未等他回过神来，季寒已十分着急地要移开话题。

季寒道："以前我也想过，若我的父母还在，他们会不会也不愿意让我习武。"

赵剑归忍不住问他："你的父母是什么人？"

季寒的脸上有着难以掩饰的失落："我只知道他们也是教中人，与义父是至交好友，其余……义父并未和我提起太多。"

赵剑归明白了。

他想季寒的父母大约过世了，然后他们的好友收养了他们的孩子，这实在是江湖中很常见的故事。

季寒转而又问："我从未听江湖人提起过你的父母。"

若一个人成了第一剑客，他的父母也一定会随着他变得有些名气的。

赵剑归道："我不知道他们是谁。有人把我丢在山门前，我师父便将我捡了回去。"

这么说来，他们两人倒是同病相怜。

季寒看着他，道："你师父一定待你很好。"

赵剑归微微点头："他对我视如己出。"

季寒不说话了。

赵剑归并不知自己哪儿说错了话，只能紧张兮兮地盯着季寒，也不敢作声了。

季寒微微蹙着眉，忽而又问："你有师兄弟吗？"

赵剑归道："嗯，有的。我师父收了四个徒儿。"

季寒道："你是大师兄？"

赵剑归点了点头："我常年云游在外，二师弟在六扇门当捕快，三师妹嫁进了药仙谷，现今门中只有小师弟还陪着师父。"

季寒似乎对此十分感兴趣："听起来你们关系很好。"

"我们几人同时入门，年岁又相仿，小时候一向玩得很好。"赵剑归道，"只有小师弟来得晚，他的年纪比你还要小上一轮，现今还得师父哄着才肯……吃药。"

话还未说完，赵剑归已忍不住微微弯起了唇。

这弧度浅得算不得是一个笑，可比起之前硬生生挤出的"笑容"，实在是赏心悦目了不少。

季寒不知他是因回顾师门往事感到十分愉悦，还是在笑自己同他的小师弟一般怕苦不敢吃药。

他倏忽有些说不出缘由的情绪。

赵剑归说："你似乎对我的师门很感兴趣。"

季寒道："我没有师兄弟，不过一时好奇罢了。"

赵剑归一怔，道："那个孩子不是与你差不多年岁？"

差不多年纪的孩子，总是很容易成为朋友的，更何况以两

人的关系，应该更像兄弟才对。

季寒的神色不大好看，说："自我会拿剑的岁数起，便整日待在练功房中，而他不习武，我便没有机会和他见面。"

赵剑归皱起眉来，道："不练剑的时候，总是有时间玩一玩的。"

季寒轻描淡写地道："义父不喜欢我见他。"

赵剑归已不知还能再说些什么。

他下意识便觉得，或许前教主待季寒并没有他想象中的那么好。

季寒道："我只记得幼时我不肯练功，义父为了哄我，只要我在剑术上有所长进，他便会差人去山下买糖回来。"

赵剑归下意识便问道："松子糖？"

季寒答："那时我不过六七岁，最喜欢糖葫芦，好吃还好看。不过待我大一些，懂得自觉习剑了，不怎么吃糖了，这招也就用得少了。"

赵剑归在心中默默记下。

嗯，季寒喜欢糖葫芦。

38

大丫鬟轻轻地敲了敲门。

阎大夫来为教主换药，他不喜欢别人看着，赵剑归只好去门外等候。

小林与大丫鬟都候在廊下，赵剑归思来想去，忍不住问二人一句："这几日我可以下山走走吗？"

大丫鬟迟疑道："这……赵公子还是问教主吧。"

赵剑归点了点头，他想自己毕竟不是魔教中人，大丫鬟大约是担心他下山之后趁机给浩然盟传递什么消息。

小林好奇问道："赵大侠，您要下山做什么？"

赵剑归支支吾吾地道："我……我去买些东西。"

大丫鬟笑了："赵公子缺些什么，只管告诉我，我让人去买便是。"

赵剑归蹙起眉来："罢了。"

阎大夫换完了药，也不与季寒交流，臭着一张脸走出门来，冷冷扫了大丫鬟一眼，让她去将血水和换下的纱布清理干净。

见大丫鬟和小林进了屋，赵剑归也想要跟进去。

当他经过阎大夫身边时，阎大夫忽然轻声说了这么一句话："我想你并不是真心归顺季寒。"

赵剑归顿住脚步。

"你对他不过是出于内疚。"阎大夫说道，"而他对你，也仅仅是可有可无的顺手关照罢了。"

赵剑归望着他，道："你这话是什么意思？"

阎大夫微微笑了笑："你们二人实在是有趣得很。"

赵剑归本来就不喜欢这个人，现今心中对他的厌恶莫名又增了几分。

小林忽然跑出门来，朝赵剑归招手："赵大侠，教主让您进来。"

赵剑归瞥一眼阎大夫，决意不再搭理他，转身走进屋里。

待大丫鬟与小林退下，季寒忽而开口与赵剑归说道："我都听到了。"

赵剑归："……"

内力深厚的人，耳目本就比常人要灵敏不少。

季寒道："他是一个怪人，可是医术的确精湛。"

赵剑归问："他也是你教中之人？"

季寒摇了摇头，说："他并未入教。当初义父病重时，教中人将他从药仙谷请来了。可惜他说他医病不医命……无论如何也救不回义父的性命。"

赵剑归慌忙道："我不该问这个。"

季寒叹了一口气。

"我听小林说，你想下山去逛逛。"季寒轻声道，"我不会拦着你，只不过教中长老们一定不放心，我或许得派几人随你一块儿去。"

赵剑归点头。

季寒道："其实以你的功夫，派人跟着你也没什么用处，你若是想走，没有人能留得住。"

赵剑归不言。

他真的只是单纯想去逛逛而已，为什么搞得好像他要离开了似的？

幸而他已将两本词本融会贯通。

季寒似乎还想再说些什么，赵剑归一掌拍在了桌上。

赵剑归说："你放心，我一定会按时回来的。"

季寒："……"

赵剑归说："我答应过你，每日要来陪你吃药。"

季寒道："不必……"

赵剑归说："我绝不会抛下你一人。"

季寒有些无奈："你越说越离谱了……"

赵剑归道："肺腑之言。"

说这话时，他的样子极为认真。

季寒仍在努力挣扎："我不想听你说肺腑之言。"

赵剑归说："或许你爱听些别的？"

季寒道："不，本座不想听。"

赵剑归想了想，道："山下的人都没有你对我好。"

季寒："……"

赵剑归道："哪怕他们给我十箱黄金，我也绝不会跑掉。"

季寒："……"

赵剑归越说越来劲："我愿与你肝胆相照。"

季寒道："闭嘴。"

话是这样说，他却放任自己听着赵剑归的胡言乱语，始终不曾将人赶出门去。

有个人像父母兄弟一样关心着自己，会因为自己受伤而愤怒，会为了保护自己而拔剑出鞘，季寒不得不承认，这感觉实在不差。

然后，他听见赵剑归说："无交心，不兄弟。"

39

赵剑归终于下了山。

随他一块儿去的，是季寒身边的几名护卫与花护法。季寒说这些人都是自己的心腹，绝不会刁难他，让他不必担心。

魔教山下是一个小镇，镇里住的大多是魔教中人的家眷。镇子还算繁华，他们正赶上庙会，街上摆满了各式小摊，人群熙熙攘攘。

不少人识得花护法，与她打招呼时难免就会往赵剑归的方向多看上几眼，大约是见两人郎才女貌，十分般配，有胆大的

便笑嘻嘻地问上一句："花护法终于落了婆家？"

花护法白了那人一眼，说："卫旗！卫三儿，别乱说话，小心被教主割了舌头。"

卫旗不解道："这与教主有何关系？"

花护法一脸高深莫测，笑而不语。

赵剑归："……"

卫旗恍然大悟。

周遭有人听了动静，便都扭过头来，直直盯着这边看。

赵剑归冷着一张脸，被他们看得有些心乱，便垂下眼去，假装在看街边摊子上的小玩意儿。

那摊主问道："这位公子可是看上什么了？"

赵剑归并未接话。

他身后的花护法道："随便看看罢了。"

摊主抓起一筐水果，硬生生塞进赵剑归的怀里。

赵剑归一愣，疑惑道："你这……"

摊主说："公子不必客气，这是小人送给您的！"

赵剑归说："啊？"

摊主说："公子还喜欢什么，拿去便是！"

赵剑归说："这……无功不受禄……"

他话未说完，身后忽然又有人喊他："这位公子！"

他转过身，下一秒，就有人将一只捆得严严实实的芦花鸡丢进他怀里。

赵剑归说："这又是？"

那人道："小人听闻教主近日受了伤，公子将它拿回去给教主好好补补！"

赵剑归说："不……"

那人道："公子不用道谢！公子开心便好！"

赵剑归："……"

赵剑归被一群人围在正中，已不想说话了。

花护法忍不住笑出声来。

卫旗上上下下、仔仔细细打量了赵剑归许久，与花护法道："行呀，这身量……教主眼光不错，自己好看便罢了，连结交的朋友也这么好看。"

花护法点点头，道："是不错，他不仅长得好看，连剑法也是江湖第一。"

卫旗说："你说什么？"

花护法指了指赵剑归，笑道："你不觉得他很眼熟吗？"

"他是赵……"卫旗一噎，实打实惊了。

自古正邪不两立，以浩然盟为首的正派向来将魔教视为死敌，只恨不得杀之而后快，教主居然敢把赵剑归这位"正道之光"放到身边，还搞出义结金兰这一套，还真是……

卫旗叹道："教主的格局，我等凡人实在不能理解啊。"

40

走上回魔教的山路时，赵剑归不禁感叹，幸亏季寒派了护卫跟着他，不然这一大堆东西，他还真不知道该如何带回魔教。

花护法在一旁感慨："此行真是收获不少呀。"

赵剑归并未说话。

他手中捏着一串红彤彤的糖葫芦，还有隔壁摊主硬要塞给他的拨浪鼓。

魔教众人的家眷们实在是太……太热情了。

众人回到教中，那几名护卫将青菜、芦花鸡送往厨房，赵剑归不知道要将其他东西送到哪儿才是，索性带回了季寒居住的屋子里。

赵剑归没想到季寒已能下床走动了，小林正搀着他在院中散步。

季寒看着护卫们将大包小包的东西拿进来，呆怔了片刻，愕然道："这都是你买回来的？"

赵剑归说："不是……"

花护法道："这都是镇上的人送的。"

季寒不解道："他们为什么送这些东西？"

花护法说："哦，他们听说赵公子是教主的人，难免有些激动，所以就——"

季寒道："谁的人？！"

花护法慢吞吞道："自然是教主您的——"

季寒道："胡说八道！"

他才坐上教主之位，根基未稳，加上他迟迟不肯攻打浩然盟，教中几个长老越发心生不满。若此时传出他与赵剑归交好的传言，只怕会让长老们将矛头对准赵剑归，暗中做点什么也未可知。

花护法哪懂季寒的用意，继续说道："可是那日——"

季寒对她怒目而视，道："你再多嘴，本座拔了你的舌头！"

花护法掩了掩嘴，倏忽笑了。

季寒望了望地上的东西，说："出去！把东西都丢出去！"

赵剑归："……"

护卫只好将东西又往外搬。

季寒指着赵剑归道："以后你不许再下山了！"

赵剑归并不明白他究竟在气些什么。

花护法已忍不住笑出声来。

季寒冷冷地扫她一眼："笑什么？你也给本座出去！"

花护法朝着赵剑归眨了眨眼，掩面笑着离开，还不忘拽走小林。

赵剑归低头望了望手中的糖葫芦与拨浪鼓，默默地将双手藏在了身后。

季寒的情绪太过激动，免不了咳嗽几声，一瞥赵剑归手中似乎还拿着什么，便又怒了。

"你手里还拿着什么？"季寒道，"本座让你全部丢出去！"

赵剑归一脸委屈："可这是我自己花钱买的！"

虽说那个小贩死活不肯收钱，但他还是硬生生往小贩手里塞了几个铜板。

季寒皱着眉看他："你买的？你买了什么？"

赵剑归并不说话。

季寒放缓了语气："拿出来。"

赵剑归不情不愿地伸出右手，手里正攥着一串糖葫芦。

季寒微微一怔："你下山就是为了买这个？"

赵剑归不言。

季寒叹了一口气，似是有些无奈："我小时候的确喜欢过这玩意儿，可我早已过了那个年纪。"

赵剑归听他这么说，便想要将手缩回去。

"你等等。"季寒说道，"这是你的心意，你为我去买这个，我很开心。"

赵剑归："……"

季寒道："把糖葫芦给我吧……你手上还藏着什么东西？"

赵剑归只得将另一只手也伸出来。

当他买糖葫芦时，隔壁的小贩一定要将这拨浪鼓送给他。

季寒道："拨浪鼓。"

赵剑归点了点头。

季寒道："你这是什么意思？"

赵剑归说："什么？"

季寒忽然又翻脸了。

"你出去。"季寒阴沉着脸说道，"本座今年不是三岁！"

赵剑归："……"

这人还真是阴晴不定。

他灰溜溜地垂着头往外走。

季寒道："回来！"

赵剑归又委委屈屈地转过身去。

季寒面无表情地望着他，动作生硬地朝他伸出手。

季寒道："糖葫芦留下，你出去。"

赵剑归："……"

41

赵剑归不明白自己究竟何处做错了，他根本不曾说过季寒只有三岁这种话，为什么季寒会如此认为？

他实在是猜不透季寒的心思。

出了院子，赵剑归一眼便看见花护法站在一棵树下，正对着他笑。

赵剑归问她："小林去哪儿了？"

他简直有一肚子的问题需要小林来告诉他答案。

花护法却反问他："教主怎么样了？"

赵剑归叹了一口气，说："我不明白。"

花护法问："你不明白？"

赵剑归道："你们教主未免也太阴晴不定了。"

花护法大笑起来。

赵剑归皱眉看着她："你在笑些什么？"

花护法说："我在笑两个小傻子。"

赵剑归说："小傻子？"

花护法说："教主非但没有生气，还很开心，开心极了。"

赵剑归不由得一怔。

这话又是什么意思？

花护法说道："赵公子，有件事还烦请您去与教主说一声。"

赵剑归问："什么事？"

花护法说："飞鹰堂的卫堂主已到山下，等候教主召见。"

赵剑归说："就是方才那个卫三儿？"

花护法微微笑道："没想到赵公子还记得。他叫卫旗，教中七十二堂，他排行第三。"

赵剑归说："所以你们唤他'卫三儿'。"

花护法点了点头。

赵剑归问："季寒就在里面，你为何不自己去说？"

花护法说："教主正在气头上，我可不敢去。"

赵剑归更加不解，道："你方才还说……"

"那是对您，不是对我们。"花护法朝着他眨了眨眼，"我可不想进去平白挨骂。"

42

赵剑归只得再次走进院子。

季寒已回了屋里，坐在桌旁，正望着手中那串糖葫芦发呆。

赵剑归发声问他："你不打算吃了它吗？"

不想季寒竟被他吓了一跳。

"你是什么时候进来的？"季寒道，"我怎么不曾听见。"

赵剑归微微蹙起眉头，道："你在想些什么？怎么连脚步声都听不见了？"

对习武之人来说，这实在反常。

季寒道："我……"

他垂下头，似乎不想说话了。

赵剑归怕他再莫名发起火来，隔着老远站在门边，与他说道："花护法让我给你带句话，她说飞鹰堂的卫堂主已到山下，候着待你召见。"

季寒道："她为什么不自己进来与我说？"

赵剑归说："她怕你生气。"

季寒："……"

赵剑归小心翼翼问道："你……你真的生气了？"

季寒沉默半晌，忽而愤愤道："你害本座将脸都丢尽了！"

赵剑归说："啊？"

季寒道："那些人一个比一个口无遮拦，若是传到了江湖上……"

赵剑归："……"

他忽然想起了自己编造的那个关于巴山大侠与漠北二杰的故事。

季寒道："只怕再过上几日，江湖上所有人都要知道你和我……"

他说不下去了。

赵剑归仔细想了想，镇上那些人似乎并不知道他是谁，他也不曾听见有人喊出他的名字。

他急忙安慰季寒道："你放心，他们并不知道我是谁。"

季寒的脸色却似乎更加不好了。

季寒道："那就更糟糕了，只怕要不了几日，江湖上就会传出另一个消息。"

赵剑归不解道："什么？"

"魔教新教主年纪轻轻——"季寒咬牙切齿道，"便已不思进取。"

赵剑归："……"

赵剑归仍是不解。

这两件事看起来并无多大区别啊，为什么季寒的反应却这样大？

他忍不住开口询问。

季寒回答他："当然不一样。"

赵剑归说："不一样在何处？"

"反正就是不一样。"季寒支吾一句，顿了顿，忽而提高音量，"你……你方才说谁在山下等候？"

赵剑归道："听说是你们飞鹰堂的卫堂主。"

季寒招来门外护卫，遣他们去将卫旗请上来。

随后两人便这么呆呆坐着，实在有些尴尬。

好在卫旗来的速度甚快。

他已在山下等候许久，迫不及待便跑了上来。

卫旗见着季寒，先上前端详了他半晌，这才开口说话。

卫旗一脸深沉道："原来你是这样的教主。"

季寒一怔，道："什么？"

"没想到您也是能打开心扉结交朋友的。"卫旗一脸沉痛，"您应当先考虑一下属下才对啊！"

季寒："……"

赵剑归："……"

卫旗说道："你我二人相识多年，我竟然还比不过一个你初见几月的……"

他的话还未说完，季寒已打断了他。

"卫堂主。"季寒道，"你莫要忘了正事。"

卫旗仍十分委屈，道："他有什么好？既没我忠心，也没我可爱，整个儿就是闷葫芦。"

季寒怒道："卫旗！"

卫旗急忙笑嘻嘻道："教主恕罪，我就是开开玩笑，这不是与你好久没见，甚为想念嘛。"

赵剑归："……"

季寒仍冷冷地看着他。

卫旗道："教主，来，我们来说正事。"

季寒冷哼一声。

两人陆陆续续聊了一些教中琐事，赵剑归听得十分无聊，季寒忽而开口与他说道："我该吃药了。"

赵剑归稍稍一怔，很快会过意来。

季寒想要支开他。

他毕竟不是魔教中人，他们谈一些机密事务时，总不能让他在边上听着。

赵剑归点头答应："我去帮你将药端来。"

他走出门去，却多少留了一些心眼儿。

魔教的机密事务，大多与正派有所关联。

他担心浩然盟出了什么事，又或是魔教要对浩然盟不利，于是走出屋子后又悄悄折返回来，躲在屋外大树的树冠上。

季寒的武功毕竟稍逊于他，他若是仔细隐藏气息，季寒是断然无法发现他的。

他果然听两人提起了浩然盟。

说话的人是卫旗。

"武林大会在两个月后召开。"卫旗道，"地点是白苍城。"

季寒并未说话。

卫旗又道："届时正道武林中的紧要人物都会出席，在白苍崖上聚集。他们召开武林大会时，我们便可在山间布下陷阱。"

季寒淡淡地道："本座知道了。"

卫旗说："白苍分舵的舵主已做好准备——山后有一条密道，可以直通崖顶……"

院外忽有脚步声传来。

有人来了。

赵剑归只得匆匆提气，掠出院子。到了院外，他回首一望，原来是大丫鬟送了茶水过来。

赵剑归想，季寒让他去取药回来，他若是离开太久不曾回来，说不定会引起季寒怀疑。

他匆匆朝外走去，心下却早已一片混乱。

魔教果真要对付浩然盟了。

季寒与他再好，终究是魔教教主。

虽说他早就知道事情会发展至此，可不知为何，真到了这时候，他心中竟忍不住有些失落。

43

阎大夫正在煎药。

他不喜欢有人看他治病，也不喜欢别人帮他煎药。一大早他便摇着扇子生起火，此时听见有人进来，也只不过稍稍抬了抬眼，仿佛连招呼都懒得打一个。

赵剑归道："我是来取药的。"

阎大夫答："没煎好。"

赵剑归问："还要多久？"

阎大夫答："马上。"

赵剑归只好等着。

他想着心事，觉得自己要尽快将此事告知小林，再让小林传信给浩然盟，断然不能让魔教此计得逞。

药还未煎好，赵剑归心中烦躁，很想与人说一说话。他想起季寒说阎大夫出身药仙谷，保不准与三师妹的夫君是师兄弟，便开口询问道："阎大夫，你是从药仙谷中来？"

阎大夫望了他一眼，并不接话。

赵剑归问："不知你师承何人？"

阎大夫已将药盛了出来。

赵剑归说："你可识得药仙谷神医莫清风？"

阎大夫抬头，冷冰冰地看着他，神色凌厉："我的事，你少管。"

赵剑归："……"

阎大夫忽而退后一步，又垂下眼来，轻声道："药煎好了。"

赵剑归："……"

赵剑归只好端着药离开。

他沿着路走回去，卫旗已经离开，小林同大丫鬟守在门外。他不敢光明正大与小林谈这件事，只好径直走进门去。季寒坐在桌边，皱着眉问他为什么这么迟才回来。

赵剑归道："药煎得慢了一些。"

他方才听见那些话，心中早凉了大半，此刻也不知该与季寒说些什么才是，只得默默将药碗端过去，也坐了下来，看季寒喝药。

季寒小啜一口药汁，眉心登时拧成了一团，紧抿着双唇，好半晌才可怜兮兮地小声嘟囔一句："好苦。"

赵剑归叹了一口气。

"苦也得好好喝药。"赵剑归板着脸说，"不许倒掉。"

季寒轻哼一声，又啜一口药，小声说："我不怕苦，我也没有想把药倒掉。"

赵剑归再叹了一口气，道："你将药喝完，我去给你买糖葫芦。"

季寒几乎要被一口药呛出满眼泪花，咳了许久，方才怒

气冲冲道："你不许再下山了！"

赵剑归："……"

季寒似乎察觉何处不对，又急匆匆说道："本座才不怕苦！"

赵剑归道："你先将药喝完。"

季寒沉默下来，盯着那药碗，许久之后才咬咬牙，将药一饮而尽。

赵剑归禁不住稍稍露出笑意，低声赞道："真是一个不怕苦的小英……魔头啊。"

季寒："……"

门外传来小林与大丫鬟的低笑声。

"笑什么！"季寒异常恼怒，"再笑就自己去刑堂领罚拔舌头！"

门外登时没有了声音。

季寒转过头，便看见赵剑归似乎也在笑。

他那笑意浅淡，多少有些难以察觉，季寒稍稍一怔，忽而对他怒目而视。

季寒道："你也要去刑堂吗？！"

赵剑归不笑了，他有些激动。

来了，又来了！

多少日子不曾出现与词本对得上的话了呀！

小林迟迟不把前辈们写的新词本给他，他已经开始担心自己要圆不下去了！

"不必去教中的刑堂。"赵剑归缓缓道，"教主可以亲自惩罚我。"

"只要教主好好喝药，开心就好。"

44

季寒皱眉看着他，待到回过神来，免不了对他怒目而视，开口道："你又胡闹！"

赵剑归心想他哪儿胡闹了，明明是这词本太过胡闹。鬼知道这些武林前辈究竟经历了什么，才能写出这样的词来。

可他脸上并不敢表露太多，只能强将煽情作正经，继续摆着那副大义凛然的模样，凝视着季寒。

他早已摸清季寒的脾气，知道年轻人面皮薄得很，这么不要脸的话，季寒是绝对接不下去的。

季寒迎着赵剑归的目光，果真哑口无言。

他呆坐了一会儿，越想越不对劲，急忙板着脸与赵剑归说："你出去，我要休息了。"

赵剑归还想说点什么逗逗季寒，可又担心将人惹急了，只好站起身，一言不发地往外走去。

季寒忽然叫住他："阎大夫说我这几日应当多多走动。"

赵剑归停下脚步，回眸望向季寒。他不懂医术，只能等着季寒说下去。

季寒却不说了，两人就这么呆怔怔地望了对方大半晌。

不知过了多久，季寒忽然就恼了，低声骂道："滚出去。"

赵剑归说："啊？"

季寒已冷下脸来赶他出去了。

赵剑归满心茫然，走出门外，而后听见季寒又唤了大丫鬟进屋去。

大丫鬟得知赵剑归又将教主惹恼了，经过他身边时，忍不住瞪了他一眼。

赵剑归越发不解。

他见大丫鬟进屋去了，便朝小林使了个眼神。

小林登时会意，高声说道："赵大侠，小人送你回去。"

屋内的季寒显然也听见了，却并未阻止。

两人来到赵剑归屋内，赵剑归确定并无人跟着他们，便急忙将自己方才听见的事情一五一十与小林说了。

小林大惊失色，道："赵大侠，此事我会立刻回报给浩然盟的！"

赵剑归心中越发纠结，不再开口说话。

小林又道："赵大侠，您放心，我会多加注意教中往来公文的。"

赵剑归点了点头。

小林想了想，又露出为难的表情："只不过此事机密，教主想必会将文书藏起来，浩然盟若是遭此一劫……"

赵剑归说："我会多加注意的。"

小林紧紧握住了赵剑归的手，说："赵大侠，浩然盟就靠您了！"

赵剑归不语。

他在心中安慰自己，魔教要对浩然盟不利，他若是能打探出魔教暗中找着的那条小道，便是救了浩然盟数百条性命。

不背侠义，他本应当如此。

可若是浩然盟知道了魔教的计策，真的不会仔细布置，借此反攻吗？

到时候魔教的数百条性命又该算在谁的头上？

他已不知该如何选择。

这事既然已经说完了，小林便准备离开。

他走出门，忽然又折返回来。

"赵大侠，还有件事。"小林支支吾吾道，"还有件事……我得跟您说一说。"

赵剑归问："怎么了？"

小林迟疑道："赵大侠，方才教主那句话的意思……大概是让您每天陪着他到处走一走。"

赵剑归恍然大悟。

小林又说："赵大侠，您要好好把握住机会。"

赵剑归说："嗯，我会努力的。"

小林又道："教中有些机密之处，连我也不能进去。魔教地形复杂，若是赵大侠能哄着教主带您四处走一走，借机绘制一张地形图，他日浩然盟攻上魔教、扫清恶人之时，想必会大有裨益。"

赵剑归已说不出话来。

小林似乎察觉出不对劲，觍着脸小心翼翼说道："赵大侠，您莫要忘了您的身份。"

赵剑归冷下脸来，说："你不必多言，该记得的，我自然全部记得。"

小林点头称是，而后匆匆离去，只留了赵剑归一人在屋内。

浩然盟与小林为了能让他骗着季寒，的确是煞费苦心。

赵剑归只觉得胸口某一处缓缓抽紧。

他怎么能忘，他是武林名侠，这一切本就是他们算计好的。

赵剑归静坐许久，忽然听见门外有人走来。

"赵公子，教主有话要与您说。"

赵剑归走到门边，拉开门，便见大丫鬟正对着他笑。

"教主让您每日早上过去。"大丫鬟微微笑道，"与他一同用完早膳后，便陪他在教中走一走。"

赵剑归："……"

年轻人的确是面皮薄，方才为什么不肯直说，非得让人来传话。

大丫鬟掩面笑着，朝他眨了眨眼："赵公子，教主很是看重您呢。"

赵剑归微微蹙起眉来。

"我知道了。"他低声说道，"你告诉他，我会去的。"

45

第二日清晨，赵剑归去寻季寒时，季寒正在书房内处理教中公务，大丫鬟候在门外。

见他过来，大丫鬟朝他微微一笑，说："赵公子，教主在里面。"

赵剑归点了点头，推门进去。

季寒似乎正将什么东西塞到桌下，他面前的公文堆积如山，显然是这些日子他因伤落下的。

季寒抬头望向赵剑归，神色倒很是平淡自然："你来了。"

赵剑归也装作什么都不曾看见，微笑着问他："今日你可是要换药了？"

季寒点了点头："是，我已让小林去请阎大夫过来了，你先坐下吧。"

赵剑归在季寒面前坐下。不多时，小林便带着阎大夫来了。

书房终究不是换药的地方，季寒的屋子就在旁边，大丫鬟陪着阎大夫与季寒先行过去，小林便也跟了上去，倒还不忘朝赵剑归使个眼神。

赵剑归自然明了。

他留在书房内，不曾跟着他们动身，竟也没有人赶他离开，许是旁人都将他当成了教主的亲近之人。待到书房内没了人，他快步走到季寒的书桌边上。

他方才分明看见季寒将什么东西藏在了桌下。

赵剑归年少成名，行走江湖已逾十数载，对暗格机关也算有所研究。他在书桌边细细寻了片刻，便发现桌腿中藏有暗格，里面塞着一卷字条，显然是刚从信鸽腿上的竹筒中取出来的。

这卷字条上写着的，正是魔教发现的那条密道的位置。

赵剑归匆匆将字条看了几遍，默记在心。

他担心季寒或是其他人提前回来，又急忙将一切复归原样，坐回座位上，心中可谓万分忐忑。

此刻，他心中仿佛有两个人在争吵，一人觉得自己这么做

大错特错，另一人却觉得此举不背侠义，本该如此。

他正满心纠结，季寒回来了。

"烦你再坐一会儿。"季寒与他打趣道，"待我看完这些公文，还请你屈尊陪我去散散心。"

今日，季寒的心情似乎很好，连与他说话的语调中都透着抑不住的愉悦。

赵剑归点了点头，只觉得心中负罪感更甚。

待到季寒看完公文喝过药，两人又一同吃了饭，已是午后。

季寒内伤未愈，走不了太远，便只与赵剑归一同在魔教的花园里逛了逛。

未到魔教时，赵剑归一直以为魔教是一个阴森可怕的地方，可现今看来，魔教的花园修得倒比浩然盟还好。

两人闷声不语走了一会儿，季寒终于忍不住开口问他。

季寒道："这两日你是怎么了？"

赵剑归说："我……"

季寒皱起眉来，道："若是教中有人说了你坏话，你尽管告诉我。"

赵剑归："……"

他知道季寒这是误会了，可一时也不知要如何去解释。

无论如何他是不会说出真相的，便只能转开话题。

"那几个刺客怎么样了？"赵剑归问道，"你可曾查出是什么人派他们来的吗？"

季寒的神色更加凝重："温长老执意要亲自审问刺客，我并不能拒绝他。"

赵剑归还有些怀疑温长老，听季寒这么一说，不免有些着急："让他去审？这……他算不得是你的心腹之人吧？"

季寒道："你放心，我已让花护法去跟进此事，而今卫旗也回来了，他们二人定能问出点东西来。"他想了想，又解释一句，"花护法与卫旗都是我的亲信。"

赵剑归道："还是早些查清楚为好。"

季寒道："昨日我已吩咐过卫旗，待会儿我们一同去问问他此事可有什么进展。"

赵剑归只好点了点头。

季寒想了想，又与他说道："走，我带你去看个地方。"

46

赵剑归没想到季寒会带他来这种地方。

面前的几层架子上摆满了魔教历任教主的灵位，正中置着香炉，屋内光线昏沉，烟气缭绕。

赵剑归不知此时自己应当说些什么才好，只能静静等待季寒开口。

季寒抬眸望着那些架子，忽而道："我义父也在上面。"

赵剑归问："你为什么带我来这儿？"

"没什么。"季寒道，"只是我忽然想起来，已有些日子不曾来这儿上香了。"

话音落下，他果真点了一炷香，走到那些灵位前，恭恭敬敬磕了三个头。

赵剑归觉得眼下这场景实在有些尴尬，虽说死者为大，可无论如何这些人都是魔教魔头——早几任魔教教主可没有季寒这般心慈手软，若说季寒是一只只会龇牙乱叫的小猫儿，那前任教主们则是张牙舞爪的恶狼。

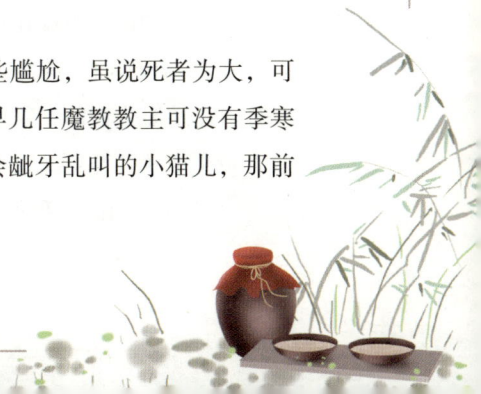

因此，他断然不会向他们低头。

好在季寒也并无此意。

季寒在那儿静静站了片刻，忽而开口说道："这些先辈有半数是死在了正派人士手上。"他似乎担心赵剑归误会，又补上一句，"我并非不明事理之人，也知正派中有不少人是被我教中人所杀。"

赵剑归道："我明白。"

自古正邪不两立，这本就是一个亘古不变的道理。

季寒说："我很小的时候，义父就教过我一句话。"

赵剑归问："什么话？"

季寒道："人在江湖，身不由己。"

赵剑归自然也听过这句话。

事实上，他已记不清自己究竟从多少人口中听过这句话。

这江湖并不自由。

赵剑归想了想，觉得季寒说这句话的用意大概是希望事后赵剑归能够明白，他算计浩然盟不过是碍于魔教教主的身份，这些事并不是他想要去做的。

赵剑归已觉得自己的言语太过苍白，自己所做的一切又何曾逃过这句话的桎梏。

他一时不知要如何去回答，想了许久，也只是干巴巴挤出一句："你的命应当握在自己手中。"

季寒却反问他一句："你这一辈子，难道就没有一件事不是你自己情愿去做的？"

赵剑归说不出话来。

"若真是如此，我很羡慕你。"季寒说，"我的命从来不是我自己的。"

赵剑归问："你为何这么说？"

季寒却已扭过头去，说："走吧，我们去见卫旗。"

47

两人出了祠堂，向着卫旗所居的客房走去。

赵剑归觉得季寒这副模样实在是很不对劲，却又不知道要说些什么。待到两个人走到院外，赵剑归才忽然想起什么似的，下意识攥住了季寒的袖子。

季寒回眸看他，似有些不解："你怎么了？"

赵剑归道："我很高兴。"

季寒道："你又发什么疯？"

赵剑归说："你放心，今生我永远拿你当兄弟。"

季寒无奈道："你这人……"

赵剑归说："我知道，我有病。"

季寒："……"

行，这人还挺有自知之明。

48

季寒看着赵剑归，也不知在想些什么。

赵剑归将想说的话尽数说了，只觉得心情大好，这几日心中郁结的不快一扫而空。他快步走进院子，见里面房门半掩，并未关上，便手快推开了门。

屋内光线昏暗，他正想喊一句"卫旗"，却见卫旗搂着一

人，呼吸急促紊乱，正附在那人的耳边低声说些什么。被卫旗搂着的那人立在书桌旁，衣冠散乱，露出一片白皙消瘦的锁骨，一只手攀住卫旗腰侧，另一只手紧紧抓着桌沿。

赵剑归微滞片刻，急忙关上门，退后几步，然后迅速转过身。

季寒正冷冷看着他。

先前被他逗了几句，季寒正憋着一肚子火，见状，面无表情地问他："你为什么关门？"

赵剑归满脸尴尬，低声道："我们还是先离……"

季寒冷哼一声："这里面还有什么本座见不得的事儿吗？"

赵剑归说："不是……"

季寒道："那你为何拦着我？"

说罢，季寒已一脚踹开了门。

赵剑归："……"

房内的两人似乎吓得不轻，齐齐看向门边，俱是一震。

季寒并未看清那二人在作何勾当，屋里灯光昏暗，他还厉声喊了一句"卫旗"。见一个他不识得的人手忙脚乱地去拢衣领，他这才忽然回过神来，"嘭"的一声，狠狠关上门，扭头就走。

赵剑归追上一步，觉得十分尴尬，道："你……"

季寒怒道："你也不拦着我！"

赵剑归有些委屈："我明明拦了……"

季寒道："你拦得一点都不认真！"

赵剑归更加委屈："你还要我怎么拦……"

他说完这句话，忽然发现季寒虽然阴沉着脸，可面上似乎有些发红。

季寒道："你应该拉着我，死活不让我进去的！"

赵剑归："……"就为了这个，他还得表演一番要死要活，不值当吧？

两人就这么在院子外站了片刻，卫旗还未出来，季寒忽然万分好奇地小声问道："那日卫旗说他带了心上人回来，莫非就是这个人？"

赵剑归说："很有可能。"

季寒道："那你可看清那是什么人？"

赵剑归摇了摇头。

方才屋内光线昏暗，他匆匆一瞥，只来得及看清那人的皮肤很白。

他与季寒一说，季寒忽然又板起一张脸来。

"你为什么看得如此仔细？"季寒怒斥道，"无耻！"

赵剑归："……"

季寒愤愤道："太无耻了！"

赵剑归："……"

赵剑归忽然不想说话了。

49

他们等了好一会儿，卫旗终于收拾妥当，阴沉着脸从屋里走了出来。

无论什么人被打断了这种事，心情都不会太好。

待到卫旗走到眼前，季寒与赵剑归都觉得场面十分尴尬，不知要如何开口才是。

三人沉默着站了片刻，季寒忽然开口道："今天的日头真毒啊。"

赵剑归点了点头："太晒了。"

卫旗："……"

他们又站了片刻，直到屋内有一人走了出来。

来人穿了一身青衫，面容秀美精致，一把水蛇小腰扭得十分婀娜。

想必此人就是卫旗的心上人，季寒与赵剑归几乎立刻便将目光转到了这人身上。

赵剑归皱起眉来。

这人看起来有些眼熟，他仿佛在哪儿见过。

这人也望着赵剑归，欣喜道："赵大侠，没想到我们会在这儿再见。"

季寒登时扭过头，冷冷盯着赵剑归。

赵剑归疑惑道："你是？"

这人当即掩面，做出泫然欲泣的样子："赵大侠，你怎么这么快就忘了人家了。"

赵剑归："……"

很好，他想起来了。

这不就是当初武林前辈们特意请来教他礼仪的秦淮名人，叫玉……玉什么来着？

这人仍然望着他，一双眸子中水雾弥漫，似乎十分伤心。

赵剑归道："我记得你，你叫……"

这人委屈道："哼，赵大侠都不记得人家的名字了，人家好生难过。"

赵剑归说："我……"

一面之缘而已，他怎么可能记得那么清楚。

季寒："……"

这人又道："人家叫玉仙儿，赵大侠可不要再忘了。"

赵剑归说："呃……"

季寒冷笑一声。

卫旗急忙上前打圆场："仙儿，我与教主谈些事情，你先进屋去。"

玉仙儿含情脉脉地望着他，乖巧点头，扭着小腰又走回了屋里。

赵剑归心中十分担忧，这玉仙儿是那时武林前辈请来的，难免知道一些关于"结义计划"的内幕详情。此时玉仙儿在魔教出没，又成了卫旗的意中人，会不会已向魔教透露了什么……

卫旗正色道："教主，刺客之事……"

季寒忽而对赵剑归道："人已走了，你也不必魂不守舍地盯着那儿看了。"

赵剑归："……"

卫旗："……"

季寒冷冷道："想不到你与秦淮河的头牌也很是熟络，是本座低估你了。"

赵剑归："……"

卫旗望了望季寒，又看了看赵剑归，低声说："教主，你们先聊，属下到屋内去等着你们。"

说完，他急忙转身溜走。

赵剑归十分不解，问季寒："你怎知此人是秦淮河的头牌？"

季寒几乎要压不住心中的怒气，没好气地说："玉仙儿的名号如此响亮，我怎么可能不知道！"

赵剑归怔了怔，忽而低声嘟囔一句："听起来，你对秦淮河上的情况也很熟悉嘛……"

季寒："……"

不远处的卫旗一脚绊着门槛，险些摔倒。

赵剑归似乎仍未察觉哪里不对劲。

"当下还是问清刺客之事更加紧要。"赵剑归道，"我们先进去吧。"

季寒道："嗝。"

赵剑归不解道："你怎么了？"

季寒冷哼一声，并不说话。

赵剑归道："我们进去吧。"

季寒冷冰冰地开口："我不高兴。"

赵剑归认真想了想，忽而一把扯住了季寒的袖子。

季寒吓了一跳，稍稍一挣，之后倒也顺着赵剑归让他抓着自己的衣袖，只不过依然沉着脸色，不肯开口说话。

赵剑归温声劝道："玉仙儿虽然身涉风尘，但这实属命运捉弄，无可奈何。若能生在好人家，谁又愿意这般轻贱自己。"

季寒冷冷望着他。

赵剑归道："如今玉仙儿觅得意中人，这样很好。"

季寒开始觉得好像有哪儿不太对劲。

"玉仙儿与你我一般，也是爹生娘养的人，你绝不可因为别人身处风尘，就瞧不起人家。你这样很不好，很不对，无论如何，我们都应该尊重人家。"赵剑归一脸严肃道，"答应我，听话。"

季寒："……"

季寒道："你有病。"

50

季寒总算答应先进屋，去与卫旗谈一谈关于刺客的事情。

他们两人一起走进屋里，却见卫旗与玉仙儿正坐在一块儿低声说话，玉仙儿显得十分开心，见两人走进来，又朝他们笑了笑，主动回避，让他们先谈正事。

卫旗痴痴地望着玉仙儿离开，一直等到人走了，这才回过头来。

季寒依旧神色冷峻。

卫旗只得主动开口道："属下并未从那几人口中得到什么消息。"

季寒道："他们的口风这么紧？"

"倒不是他们口风紧。"卫旗叹了一口气，道，"寒鸦首领将名单给他们，他们只负责杀人，根本不知道与寒鸦联系的究竟是什么人。"

赵剑归问："寒鸦的首领又是谁？"

卫旗摇了摇头，说："此人在江湖上并无具体名号，我们也不知道他是什么人。"

季寒道："这就是毫无线索了。"

卫旗点头道："毫无线索。"

季寒许是早已料到这一点，倒并未生气，只是微微颔首，道："你与花护法已做得很好了。"

他面上波澜不惊，虽然是在夸人，但并没有半点儿夸人的样子。

卫旗不敢说话。

季寒起了身，说自己走了这么多路，已经乏了，赵剑归只得送他回去。

待季寒歇下，赵剑归又寻了一个空子，约小林到无人之处，将自己的发现全部告诉了他。

"赵大侠，这可是天大的好消息。"小林欣喜若狂，"我想过了，既然魔教想趁我们召开武林大会时偷袭，我们也可以趁他们偷袭时反戈一击。"

赵剑归不免一怔，道："你要做什么？"

"我想，我们若能给他们使一出空城计，再从后偷袭，他们定然慌乱无比。届时再将他们逼上断崖，我们便必胜无疑。"小林很是激动，"这可是剿灭魔教的好机会！"

"剿灭魔教？"赵剑归愕然万分，"我们不是只避开他们吗？"

"大好的机会摆在眼前，我们自然不能轻易放过。"小林说道，"季寒已受内伤，应该不会太难对付，到时候还请赵大侠制服魔教高手，与我们里应外合……"他的话锋忽然一转，"赵大侠，您该不会……该不会是下不去手了吧？"

"我……"赵剑归锋眉微蹙，正色道，"我自然不会……"自然不会背叛正道。

不知为何，这话他竟已有些说不出口。

"那就好，我想赵大侠也不会是这种人。"小林笑道，"我这便给盟中传消息。"

赵剑归望着小林离开，已觉心乱如麻。

他实在是睡不着，只好披了衣物到院中走了一圈。

这一日的天气并不适合散步，他才走片刻，天上已阴沉得几乎要落下雨来。

他遇见了玉仙儿。

"赵大侠。"玉仙儿朝他微微一笑，"你也睡不着吗？"

赵剑归往左右一望，忍不住发声询问："卫旗呢？"

"他忙着公务，倒也不是时时都能陪着我的。"玉仙儿缓缓说道，"只不过我并不知他在做些什么。"

赵剑归却知道。

正道早已摸清魔教分堂职能，卫旗的飞鹰堂专司情报。此时他公务繁忙，要么是在调查那些刺客，要么就是忙着收集武林大会那日的情报。

玉仙儿又道："赵大侠，你且放心，我并未将那件事告诉卫旗。"

赵剑归一怔，霎时间明白玉仙儿说的是正道请人来教导自己如何接近魔教教主一事。他不免觉得有些尴尬，只好低声说道："多谢。"

玉仙儿仍是笑着的，说："赵大侠不必客气。"

两人静了片刻，玉仙儿忽而开口说道："赵大侠是想着教主的事情，这才睡不着吧？"

赵剑归："……"

他转而想到玉仙儿久纵风尘，对于这些人情上的事情应

该十分了解，至少比他了解得多，便忍不住出声询问："若是你……"

话未说完，他又觉得这么询问有些不妥，便没再说下去。

玉仙儿却已经开口回答了："若我是你，绝不会在意其他人的想法。"

赵剑归说："可是天下大义摆在眼前……"

"我想对一个人好，本就是我一个人的事，与天下大义没有半点关系。不过……"玉仙儿轻叹了一口气，说，"大概这就是您为大侠，而我却只是一名风尘中人的原因吧。"

赵剑归一时无言。

"看来做大侠并不怎么好。"玉仙儿低声笑道，"幸而我当时并未喜欢上你。"

51

赵剑归苦苦思索，一夜无眠。

次日，季寒仍说要到处走一走，赵剑归陪着他去，心中忐忑不安，好几次几乎要憋不住告诉他真相，可终究还是忍住了。

若是季寒知道了真相会怎么样？浩然盟又会怎么样？

他摸不准一切，于是不敢说出真相。

赵剑归头一次觉得自己是一个懦夫。

季寒与他散了一会儿步，又带他去了练功房。

"这是我自幼习武的地方。"季寒与他说道，"说起来，我这么多日不来练功房，想必连剑术都退步了。"

赵剑归道："你受了伤，本就该好好休息。"

"若是我这么与义父说，他可是会生气的。"季寒说道，"受了伤也不该倦怠，至少该看看剑术功法。"

赵剑归显然对他的说法很不认同，说："受了伤就该休息，剑可以待伤好了再练。"

季寒叹道："练功落下了，就再难赶上来了。"

赵剑归说："我可以陪你。"

季寒一怔，有些难以置信地看着他。

赵剑归忽然觉得很不好意思。

季寒扭过头去，十分紧张地搓了搓袖角，只假装自己并未听见这一句话。

他忽然发现门边还站着两个护卫，虽然那两个护卫板着脸没有半丝表情，他却觉得自己已能听到两人的笑声。

季寒有种心事被人看破的尴尬，却碍着面子不能将这情绪表露出来。

他挥退了护卫，待人都走了，才又看了看赵剑归，转开话题，神色凝重起来："我们先谈正事。"

赵剑归一怔，说："什么事？"

季寒道："昨夜我又和花护法、卫旗谈过，关于刺杀这件事，他们仍怀疑是温长老做的。"

赵剑归想起温长老的样子，倒是十分认同他们的看法。

他始终觉得温长老会对季寒不利，而温长老又身担魔教要职，此事若真是此人所为，之后保不准还会闹出什么事来。

"他们只是在怀疑，并没有什么证据，也就是说，我仍然不知道究竟是什么人想要杀我。"季寒淡淡地说道，"我身边的每一个人都有这个可能，而我却无法看透他们的心。"

赵剑归心中一颤，他想，自己是否也算是一个……一个想要杀死季寒的人。

季寒又道："现在我只知道那个人不会是你。"

赵剑归微怔，呆呆地道："为什么？"

"你若是想杀我，会坦坦荡荡地拔剑来与我决斗。"季寒微微笑道，"赵大侠绝不会用这种见不得人的手段。"

赵剑归已说不出话来。

他用的何止是见不得人的手段，现今他用的手段称之"下三烂"也并不为过。

季寒看他一眼，说："这几日你为何总是忧心忡忡的？可是出了什么事？"

赵剑归急忙否认："没事，没有出事。"

季寒轻声与他道："你有什么事切记告诉我，别在心中憋着。"

赵剑归数次想要开口，终究又咽了回去。

季寒也不逼他，只是垂下眼来，定定地盯着地面。

半晌，赵剑归总算从自己万分纠结的心境中挣脱出来，这才察觉季寒似乎有些不对劲。他犹豫片刻，而后轻声问道："怎么了？"

季寒似乎正竭力使自己镇定下来。

赵剑归忽然有些担心。

"你怎么了？"赵剑归轻轻握住季寒的手，"出了什么事？告诉我。"

季寒抬起眼来看了看他。

"赵剑归……"季寒反握住他的手，"我其实很害怕。"

赵剑归呆怔片刻，回神后禁不住加大握手的力道："你……你莫要害怕。"

他很想对季寒说"你还有我"，可他并不敢开口。

"赵剑归，我……"季寒咬了咬牙，低声说，"若我不是教主就好了。"

赵剑归闻言，愣了一下。

"别怕。"赵剑归轻声说道，"你还有我。"

他脑中一片混乱，几乎不知道自己说了些什么，他只是想，若季寒不是魔教教主，而自己也不是正派大侠就好了。

"是。"季寒攥紧他的衣襟，语调平淡，缓缓开口，"我还有你。"

52

赵剑归陪季寒在书房内处理完公务，已是暮时。

自练功房回来，两人就不曾开口说话。

赵剑归一直在想着浩然盟之事，他知道自己该在这场争斗中站在哪一方，但又念着自己无论如何也要保住季寒的性命。此事过后，无论季寒如何怪他，他也是认了的。

大丫鬟端进来饭菜，赵剑归便留下与季寒一同吃饭。

季寒仍在因伤忌口，吃的还是清粥白菜，他看着白粥沉默许久，忽而放下筷子，苦着脸道："我不想吃。"

"这怎么行。"赵剑归替季寒夹了一箸菜，放进他碗里，"你多少也要吃一些。"

季寒可怜兮兮道："我想吃鸡蛋面。"

赵剑归："……"

他实在不明白季寒对于鸡蛋面的执着是因为什么。好端端一个教主，不爱山珍海味倒也罢了，怎么会如此痴迷鸡蛋面。

季寒又说："就今天，我想吃鸡蛋面。"

赵剑归沉默片刻，唤来大丫鬟，让她先去问问阎大夫。

阎大夫的住处离这儿有些距离，趁着等回复的空当，赵剑归忍不住向季寒询问："你很喜欢吃鸡蛋面吗？"

季寒与他说道："小时候我若是练功倦怠，义父便不许我吃饭，可我又实在饿得厉害，嬷嬷便会偷偷给我煮鸡蛋面。"

赵剑归叹道："你义父未免严厉了些。"

季寒说："可若不是因为他的督促，我绝不会有今日的成就。"

赵剑归不置可否，静了片刻，又问："你说的那位嬷嬷呢？"

季寒紧抿双唇，不肯再多说。

赵剑归只好也闭上嘴。

不多时，大丫鬟回来了。

阎大夫显然并不觉得吃一碗鸡蛋面会对季寒的伤势造成影响。大丫鬟正想要去找厨娘，季寒忽然喊住了她。

季寒道："我自己去就好。"

说罢，他便拉着赵剑归一块儿去了厨房。

赵剑归实在没有想到，季寒竟然会下厨。

他十分熟练地煮了两碗鸡蛋面，还请赵剑归坐下来陪他一块儿吃。

赵剑归不免想起之前自己见到季寒在厨房吃面的景象，说不准那碗面也是他做的。

赵剑归忍不住出声询问，季寒便说："其实我就只会煮面，这是嬷嬷教我的。"

他又问赵剑归："你陪我喝两杯可好？"

赵剑归不禁想起上一次醉酒的事。

季寒道："不喝多，就两杯。"

赵剑归微微犹豫，说："你的伤……"

季寒撇了撇嘴："那你喝酒，我喝茶。"

赵剑归皱起眉来："你喝水。"

季寒："……"

下人端来美酒，赵剑归斟满一杯，又替季寒倒了一杯温水。

季寒抿了一口温水，假意道："好酒。"

赵剑归不解道："你们为何如此喜欢喝酒？这酒分明一点也不好喝。"

季寒道："酒能消愁，至少能忘愁。"

赵剑归望向他，总觉得他此言另有所指。

季寒却什么也不肯说了。

许是心中有愁的人更加容易喝醉，几杯酒下肚，赵剑归已觉得有些头晕。

季寒问他："你可还记得今日是什么日子？"

赵剑归想了想，摇摇头。

季寒道："今日是中秋。"

赵剑归不免有些愕然。

他虽不记得日子，但魔教内定会有人记得，可不知道为什么，教中一片冷清，完全不像要过节的样子。

他想问季寒，季寒却抢先一步说道："我听说今晚镇上会放焰火。"

赵剑归问："你想去看？我可以陪……"

季寒忽而瞪他一眼，道："我说了，你不许再下山。"

赵剑归："……"

季寒又说："在屋顶也能看到焰火。"

53

屋顶并不高。

对于赵剑归与季寒这样的武林高手而言，爬上屋顶实在是很容易的一件事情。

他们拿着酒翻上了屋檐，清风徐徐，月色正好，两人举杯共酌，倒也别有一番趣味。

季寒望着杯中的温水，轻轻叹气："若这是酒就好了。"

赵剑归道："待你伤好了，我再陪你喝也不迟。"

季寒正要说话，忽而便有一朵焰火升起，在天边绽放。

两人都被焰火吸引了目光。

赵剑归一向不怎么喜欢看焰火，他觉得这东西太过虚幻，绽放时虽美，可毕竟转瞬即逝，寓意不祥。更何况他一向认为焰火这东西，姑娘家喜欢便罢了，他好歹是江湖大侠，若也说喜欢，多少有些怪异。

可现今他与季寒坐在一块儿，望着漫天绚丽的烟火，却觉得很高兴。

他想，无论是什么东西，与知己一块儿看，大约都会变得分外美丽。

只是，他并不知道对方是否也这样想。

季寒就坐在离他不远的地方，在焰火的映照下，这人似乎更显得寂寥了。

许是察觉到赵剑归的目光，季寒转过头看他。

"怎么了？"季寒问道。

赵剑归道："没什么。"

他觉得自己像被人抓住心思的小娃儿，不免有些局促，急忙转过头去。

季寒唤道："赵剑归。"

赵剑归规规矩矩地答应："是。"

季寒问他："焰火好看吗？"

赵剑归点了点头。

他听见季寒轻轻笑出了声。

季寒又唤他："赵剑归，你转过身来。"

赵剑归转过头去，发现季寒也正望着他。

赵剑归从未看见季寒露出这种神色，笑意漫在唇边，目光有些灼人。

下一秒，季寒挪动身形，坐近了一点。

"赵剑归。"他低声说道，"是我对不起你。"

赵剑归心下茫然，并不明白这句话的意思。

可不等他出口询问，季寒忽然便握住他的手，将他手中的酒杯送至他的唇边。

他的脑子有些昏沉，却还是就着这个姿势将杯中酒一饮而尽。末了，他还想怪不得词本上不曾写明如何挡酒，这的确是一件无法抗拒的事。

他脑中正这么想着，突然觉得腰上的穴位一阵钝痛。

季寒轻轻推开了他。

"对不起。"季寒又一次道。

赵剑归十分愕然，他的手脚酸麻且毫无气力，内息也仿佛滞钝在丹田中。他当然知道这是怎么回事——季寒方才封住了他的穴位，而那时的他毫无戒备。

季寒搂着他，轻轻巧巧翻下屋檐，动作轻盈，显然伤得也没有赵剑归想象中那么重。

院内一瞬间便出现了许多人。

温长老领着魔教的高阶守卫站在季寒面前，朝他恭恭敬敬行了个礼。

"教主。"温长老说道，"教中叛徒已押入地牢。"

季寒脸上的笑意早已不见，神色冷淡，微微点头。

赵剑归忽然明白过来。

教中叛徒想必是指小林，而季寒似乎早已发现了他和小林的谋划。

温长老又说道："赵剑归内功极高，封住穴道并不能制住他多久，得喂他一些软骨散才是。"

季寒并未出声制止。

护卫取来软骨散，逼着赵剑归吃了，这才锁了他的双手。

季寒在一旁冷冷地说道："将他与那叛徒关到一起去。"

赵剑归浑身发软，却努力扭过头，望了季寒一眼。

季寒也正面无表情地看着他，神色只如同初见时那般冰冷，眼底毫无波澜。

守卫手上用力，将人拖走了。

季寒转过身，顺着身后的长廊缓缓离去。

教内十分清冷，没有半点儿过节的样子，廊下也并未燃灯。他走到长廊尽头，轻轻推开了面前的门。

屋内点着一盏孤灯，昏暗处仿佛坐着一个人。

季寒在原地微微一顿，而后走到孤灯旁，朝那名头发花白的老者跪了下去，低声唤人："义父。"

卷三

浪淘沙

我们已是弃子了。

1

那名老者抬起头来。

他的年岁有些大了，可眼神仍显得很威严，板着的脸上没有一丝笑意，正是本该已经死去的魔教前任教主殷不惑。他直勾勾地盯着季寒，缓缓开口问道："可是已经抓住赵剑归了？"

季寒道："是。"

殷不惑又问："那个叛徒已将消息送出去了？"

季寒点头道："送出去了。"

殷不惑总算露了一点儿笑意："你做得很好。"

季寒道："多谢义父夸赞。"

殷不惑站起身来。

"武林大会的日子近在眼前。"他说道，"你先行前往白苍山，仔细布置，即刻动身。"

季寒微微一怔，禁不住开口道："义父，我的伤……"

他的伤虽没有赵剑归所想的那么重，可总归受了伤，大夫也说他还需要静养，长途跋涉多有不便。

殷不惑冷声道："你的伤如何了？"

季寒的声音忽而就低了下来："我的伤……并无大碍。"

殷不惑道："不过是一些小伤罢了，你若如此娇惯，我又怎能安心将圣教托付于你。"

季寒低声道："我知错了。"

殷不惑阴沉着脸，点了点头，又说道："你不必担心，你且先行，我自会带人前往助你。"

季寒道："是。"

殷不惑又问："你将那赵剑归关在何处？"

季寒道："与小林一块儿押在地牢内。"

殷不惑说："赵剑归并不是一个简单人物，哪怕他已被关在牢中，你也绝不可对他掉以轻心。"

季寒点头道："我会派人对他严加看管的。"

"严加看管？"殷不惑冷笑一声，"只有死人才不会坏事。"

季寒一脸愕然地望着他。

殷不惑："你现在就过去。"

季寒道："我……"

殷不惑厉声问："你可明白了？"

季寒怔了怔，低下头去，闷声答道："是。"

2

赵剑归被那两个魔教护卫一路拖行，他并不知道温长老究竟逼他吃了什么，只明白此时自己内息散乱，稍一运功便觉得丹田剧痛，连一点儿反抗的力气也没有。

他们将他丢进地牢，似乎担心那药失效，又取了绳索将他捆好，这才离开。

小林早已被押在牢内，境况并不比赵剑归好上多少。赵剑归见他嘴角乌青一片，显然是挨了打。

见赵剑归被丢进来，小林急忙跑上前将人扶起，哭丧着一张脸开口道："赵大侠，是我连累了您。"

赵剑归已连说话的力气都没有了。

小林几乎要哭出来："若不是我太过粗心，教主绝不会发现我给盟中送信。"

赵剑归却仍觉得有些不对劲。

他总觉得季寒早就发现了此事，只不过是将计就计，反过来利用他们罢了。

他这么一想，忽而觉得心里空落落的，竟有一阵抑制不住的心痛。

小林道："赵大侠，现今我们该怎么办才好？"

赵剑归说不出话来。

他心乱如麻，自然没有半点办法。

过了片刻，外面有了声响，赵剑归抬眸往外一看，是季寒带着温长老与卫旗一块儿来了。

他心中一颤，竟不知要用什么语气来与季寒说话。

季寒望着他，神色冷峻。温长老斜睨赵剑归一眼，与季寒说道："教主，是时候了。"

季寒道："你且等一等。"

他命人打开牢门，上前一步，站在赵剑归面前，居高临下地望着赵剑归。

"赵剑归，你以为我的剑法不如你。"季寒傲然说道，"你说我的剑式全无守招，可你不知道，攻就是最好的守。"

赵剑归怔了怔，想起醉酒谈心那日自己与季寒说的话。

难道那时季寒便已知道自己是在骗他了？

季寒伸手去摸腰上的佩剑。

温长老不免面露喜色，殷不惑担心季寒下不去手，故而让他来盯着季寒，不想季寒如此果断干脆，却是他们想多了。

季寒已拔出剑来。

剑光一闪，赵剑归额前一绺散发被削落在地，而季寒已收剑归鞘。

"我出剑绝不比你慢。"他轻声说道。

赵剑归盯着地面，半句话也说不出来。

他方才躲不开这一剑，是因为穴道被封，又被喂了毒药，可若放在平日，他能躲开这一剑吗？他思来想去，觉得自己至多有三成把握，而季寒还有伤未愈，这一剑季寒并未用全力……

原来季寒一早就知道自己在骗他，才故意装成那副模样来诱自己入套。

温长老又道："该动手了。"

季寒低眉静静看了赵剑归半晌，忽而嫌恶地皱起眉来，道："杀他脏了本座的手。"

温长老道："你若是不杀他，老爷子那边可没法交代。"

季寒道："卫旗，你来。"

说完这句话，他便转身离去，仿佛赵剑归是什么足以令他作呕的东西一般，甚至不肯回头再看一眼。

温长老皱了皱眉，正不知该要留下还是离开，花护法已从牢房外进来，与他道："温长老，该动身了。"

他只好转头看一眼卫旗，跟着季寒走了出去。

卫旗朝护卫使了个眼色，那几名护卫便退下了。

"这牢房内的守卫都曾是我飞鹰堂的兄弟。"卫旗叹道，"赵大侠，想不到这最后一程还得我送你走。"

赵剑归并未说话。

"看在你我多少有些交情的分上，我也不想为难你。"卫旗从袖中掏出一把短刀，"倒也可以给你留具全尸。"

小林吓得脸色苍白，扑上来便要与卫旗拼命。可他的武功毕竟不高，眨眼便被卫旗一个手刀敲晕放倒。

赵剑归已觉得自己此回必死无疑，干脆闭上了眼，只希望卫旗下手能痛快一些。

卫旗手起刀落，赵剑归身上的绳索倏忽断开。

赵剑归一怔，转头看他。

卫旗朝着赵剑归轻轻笑道："我可以给你留具全尸，但有人还不想你死。"

赵剑归一时呆滞原地，不知卫旗所言何意，待回过神来，忽然内心狂喜。

他害怕是自己想错了，一脸急切地望着卫旗，想要求证，却又不知要如何开口询问，总不能问卫旗"你们教主可还愿意拿我当兄弟"，这句话实在矫情，一点儿也不像他会说的。

卫旗忍着笑意与他说道："教主命属下护送赵大侠离开。"

赵剑归总算将那问题憋了回去，稍稍一顿，问卫旗道："季寒去了何处？"

卫旗道："武林大会还有半月就要召开了，现在动身赶往白苍城正是时候。"

赵剑归的心蓦地沉了下去。

"教主原本并未发现你们的计划。"卫旗道，"他至多觉得赵大侠你有些奇怪。"

赵剑归说："那他是如何知道的？"

"浩然盟能在我教安插眼线，我自然也可以想办法收买浩然盟中的人。"卫旗低声道，"赵大侠你出现时，我的内线正巧将这消息告诉我，我自然要将此事告知教主。"

赵剑归问："那是什么时候？"

卫旗道："你们还未回到圣教时。"

赵剑归的心情忽而低落起来，他没想到季寒从那时起便在算计他了。现今想来，只怕连那字条都是季寒故意让他看到的，浩然盟收到他的消息，才是真的走进魔教的圈套中。

作为始作俑者，赵剑归知晓此事时尚且如此难过，却不知季寒那时心中又是如何想的。一开始错的便是自己，季寒不过是将计就计，现在他无论如何也没办法怪对方。

卫旗又说道："有一件事，我想赵大侠你还不知道。"

赵剑归说："什么事？"

卫旗似乎还在犹豫要不要将此事告诉赵剑归，沉吟片刻，才总算咬牙下定了决心，压低声音道："老教主尚在人世。"

赵剑归愣住了，许久回不过神来。

"教中人心纷乱，阴狠毒辣之人甚多，人人都想争得教主之位。"卫旗说道，"几个月前，有人行刺老教主，老教主受了重伤，对外谎称自己暴毙，又令教主登位，想要教主查清此事。"

赵剑归一怔，道："这不就是要季寒以身为饵？"

卫旗道："教主自幼天赋异禀，剑术早在老教主之上，那些刺客轻易伤他不得，可要杀老教主就容易得多。"卫旗微微一顿，这才往下说道，"那日寒鸦派人行刺，教主……教主为了让赵大侠信任他，这才故意受了伤。但他避开了要害，伤得并没有赵大侠所想的那么重。"

赵剑归颓然道："他本来是不会受伤的。"

卫旗道："是。"

赵剑归说："阎大夫也是为了不让我发现此事，才故意编出救人时不喜人旁观的借口吧？"

提及此事，卫旗的脸色有些古怪，却并未多言，只是拍了拍手，招来一名魔教护卫。

卫旗道："赵大侠，牢内有一条密道，你带着小林跟着他走便是。你身上的毒只有温长老才有解药，我已留了人在密道外接应，那人自会想办法的。"

赵剑归闷声答应。

卫旗迟疑道："赵大侠，此事全是老教主授意，若是教主自己能做主，他绝不愿意如此。"

赵剑归想了想，问卫旗："这些是季寒让你告诉我的？"

"教主只让我送你离开魔教，什么也不要多说。"卫旗苦笑道，"若是教主知道我和你说了这么多话，只怕是要让我去刑堂领罚的。"

赵剑归不免蹙眉道："那你为何要告诉我这么多？"

"赵大侠还记得那日您去山下镇里时的情形吗？他们对你好，只不过是因为教主向来对我们很好。"卫旗垂下眼，轻声说道，"我只是不想看见教主为人作嫁衣。"

赵剑归心中茫然，一时竟不知卫旗此言何意，但卫旗已在催促他快些离开。

那名护卫当即背起昏迷不醒的小林，带着赵剑归从密道走出魔教。

密道出口在魔教山下，他们钻出出口，赵剑归望见外面是一片野林子，林子里已有一辆马车在等候。

他们朝那辆马车走去，车夫身旁坐着一人，见他们走来，那人扭过头朝他们笑了笑。

"赵大侠，我可等了你们好久。"

是玉仙儿。

见赵剑归皱着眉，玉仙儿撇了撇嘴，道："赵大侠，我真的不是魔教中人，只是小卫说山下熟面孔太多，若由他送你们下来，定然会被老教主发现。"

赵剑归道："你全知道？"

玉仙儿微微一笑，道："小卫很少有事瞒着我。"

赵剑归说："你那日分明说，他有很多事不能告诉你。"

玉仙儿道："那是你的教主让我那么说的。"

是了。

赵剑归沉下脸来，连玉仙儿的那一番话也全是季寒编出来骗他的。

他方才还想绝不能责怪季寒，此时却有些生起气来。

那名护卫又顺着来时的路回去了。

"赵大侠，你身上的毒只有温长老才有解药，幸而我们早有准备。"玉仙儿说道，"离开这个镇子，再行一日路程便能抵达邻镇，有位神医恰好游至那处。"

见赵剑归不曾言语，玉仙儿便问道："赵大侠，你莫不是生教主的气了？"

赵剑归仍是板着脸，一言不发。

玉仙儿忍不住笑道："若是教主知道你为了他如此生气，想必也会很欣慰的。"

3

赵剑归正要说话，小林悠悠醒转过来。

方才卫旗下手实在太狠，小林的后颈还在隐隐作痛，他揉了揉脖颈，望着天空怔怔发呆，以为自己还在做梦。

赵剑归问他："没事了？"

小林愕然道："赵大侠，我……我们怎么在这儿？"

赵剑归将方才发生的事一五一十说了一遍，小林仍是一脸茫然，似乎并未回过神来，好半晌才开口说道："教主对赵大侠真好。"

赵剑归说："你莫要胡说。"

玉仙儿已忍不住掩面笑了起来。

小林仍愣愣说道："若不是将赵大侠视为知己，教主又怎么会这么轻易就原谅你，还放你走。"

玉仙儿大笑起来。

赵剑归："……"

"好了，该动身了。"玉仙儿笑道，"那名神医可不会在镇上长久停留。"

"神医？"小林有些疑惑，询问道，"阎大夫不就是神医吗？他三番五次帮教主圆谎，难道和你们竟不是一伙的？"

提及阎大夫，玉仙儿的神色跟卫旗一样，也变得有些奇怪。

"阎大夫这个人有些古怪。"玉仙儿皱起眉道，"小卫与我都在怀疑他的身份，小卫甚至觉得他根本不会医术。"

小林道："怎么可能，他给教主换药的手法明明十分娴熟。"

玉仙儿问："你看到了吗？"

小林闭上了嘴。

阎大夫为人诊治时，向来不喜欢别人旁观，他也只是记得阎大夫每次给人换药时至多一盏茶的工夫便完事，由此推断阎大夫手法娴熟罢了。

小林想了片刻，又说道："若是他不会医术，教主又怎会容他在身边？"

玉仙儿欲言又止，斟酌片刻后说道："所以小卫一直觉得是自己想多了。"

小林点头："肯定是想多了。"

话音落下，他却见赵剑归与玉仙儿都是一副凝重的表情。

"你们都怎么了？"小林茫然道，"我说错了什么吗？"

赵剑归缓缓摇了摇头，说："先动身吧。"

当他们到达玉仙儿口中的小镇时，已经是两日之后。

这两日，赵剑归一直在心中思索此事，又担心季寒伤重未愈，途中不知会不会出些意外，只觉得短短两日如同几年一般漫长。此外，他身上的毒丝毫没有散去，反而变本加厉，他只要稍稍运功，丹田便剧痛不止，一身内功被药性压制得毫无用处。

他们还在城门外，就已见到了不少正派江湖人士。

赵剑归还背着杀害盟主大弟子的罪名，当下并不敢露面，只好躲在马车里，由玉仙儿出面去联系那名神医。

他们打听到那名神医现今住在镇上的小客栈里，那家小而破旧的客栈早已被求医之人挤满。小林坐在马车上，掀了车帘往外看了看，不免咋舌："这儿待着的究竟是什么大夫？"

赵剑归道："江湖上的名医，无非是那么几人。"

小林又道："我们来得这样迟，只怕是排不上了。"

玉仙儿遣车夫去问了问消息，这才知道那名神医已闭门谢客，说是谁来也不肯见。

小林叹道："这下更糟了，他谁都不肯见，我们又要如何请他来解赵大侠身上的毒？"

玉仙儿笑道："我自然有办法。"

她一面笑着，一面从马车的暗格中取出一样物事来。

那物事长约三尺，通身用灰布裹着，赵剑归直觉那应当是一柄剑。

玉仙儿拿着东西走下马车，拦住那个为神医守门的小童，请他将这东西带进去。

小童显然有些不耐烦。

"我们先生不见客，不收礼。"他嘟嘟囔囔，"我已与你们说过数百遍了。"

玉仙儿说："这东西不是礼物，也不是送给你们先生的。"

小童抬起头来看了看玉仙儿。

玉仙儿笑了笑，说："劳你将此物交给你们夫人。"

小童显然怔住了，并未立即伸手来接。

玉仙儿又道："你若是不肯，我们也有将此物送进去的办法，只不过到时候怕是你家夫人要怪罪你了。"

小童撇了撇嘴，将东西接下，回身进了屋子里。

等玉仙儿回到马车内，赵剑归问道："那是一柄剑？"

"是，是赵大侠您的剑。"玉仙儿微微笑道，"我没想到赵大侠原是如此担心教主的，竟连自己的剑都忘了。"

赵剑归不免皱起眉来，当初他被押进魔教牢中时，守卫搜去了他的佩剑，卫旗送他逃走时也并未将佩剑还给他。这几日他满腹愁绪，一时竟真忘了此事。

小林在一旁出声询问："你为何要将赵大侠的剑送进去？"

赵剑归心下明了，道："那名神医可是姓莫？"

小林问："莫清风？"

玉仙儿含笑点头。

小林仍是十分茫然，道："可为什么要将赵大侠的剑送进去？"

说话间，那个小童已从屋里出来，将剑还给他们，又悄悄与玉仙儿说了几句话。

赵剑归不能光明正大走下马车来，他们只好偷摸着绕到客栈后门，悄悄下了车，再由小童领着走进后院去。

院中已有两人在等候，看着像一对新婚夫妇。

赵剑归一跨进院子，那名女子便上前几步，抓住他的衣袖轻声唤道："大师兄。"

赵剑归也轻轻了握她的手，喊道："珏儿。"

她身后那名男子朝着赵剑归作揖，笑道："大师兄。"

赵剑归微微颔首，道："清风，别来无恙。"

小林愕然道："赵大侠，莫神医是你师弟？"

莫清风已笑出声来。

赵剑归只好解释道："他是我妹夫。"

小林又将目光移到那名女子身上，惊道："妹夫？那……那这位就是顾女侠了？"

顾珏微微一笑，道："'女侠'二字，我是断断不敢当的。"

小林急忙摆手："顾女侠不必如此过谦。"

莫清风道："若是夫人不敢自称女侠，那江湖上还有几人能担得此名。"

顾珏轻轻瞪他一眼，娇声道："在大师兄面前你也胡闹。"

"我说的句句是实话，何曾胡闹了。"莫清风笑道，"哪怕到你师父面前，我也是这般说的。"

赵剑归见他们夫妇恩爱，不知为何心中十分难受，他以前从不如此。不过他也不是嫉恨他们二人，只是觉得二人伉俪情深，实在是令人艳羡得很。

顾珏挽过赵剑归的胳膊，道："大师兄可是来看珏儿的？"

赵剑归道："一刻钟前，我还以为你们二人仍在谷中。"

顾珏问："那大师兄怎会来到此处？"

赵剑归还未开口说话，莫清风已端详了他片刻，神色逐渐凝重，忽而开口道："只怕大师兄是中了毒。"

4

顾珏怔了怔，愕然道："大师兄，你怎会中毒？"

她显得十分着急慌乱，似乎不知该如何是好。莫清风轻轻搂住她的肩膀，低声安慰道："夫人不必着急，先让我来看一看。"

这时顾珏才想起自己的丈夫是一个大夫。

她不免为自己方才的惊慌失措微微感到羞赧，急忙让莫清风将赵剑归请进屋子。等莫清风为赵剑归号诊把脉，确认并非是什么危及生命的剧毒后，她才稍稍松了一口气。

"不是什么大问题。"莫清风道，"服了解药后，至多五日，毒性便可消除。"

赵剑归点了点头，道："多谢。"

"一家人不必如此客气。"莫清风笑道,"只是有一事我甚是不解,以大师兄的功夫,怎会轻易中了毒?"

赵剑归猜想莫清风大约以为他是中了暗器,他不知要如何开口解释,只好闭嘴不言。

玉仙儿正坐在一旁喝茶,听莫清风这么问了一句,不免笑了起来。

莫清风并不知道玉仙儿是何人,只当此人是大师兄在江湖上的朋友,见其发笑,却也不好意思询问。

小童拿了莫清风的药方前去煎药,小林跟着一块儿去照顾,而顾珏现已安下心来,皱眉想了许久,终于忍不住开口道:"大师兄,有件事你得老实回答我。"

赵剑归问:"何事?"

顾珏道:"盟主大弟子真是你杀的?"

当初浩然盟的人找赵剑归商议此事时,根本不曾同他师门通报此事,此时他也不知该从何说起,总不能告诉师妹,自己是为了接近魔教教主,与之结义,才不得不假装杀死了盟主大弟子,而且这结义计划从一开始就已失败了,自己才是被引入圈套的人。

这事说来实在太过羞耻,还是不要细说好了。

赵剑归只好道:"我并未杀他,这不过是盟主让我潜入魔教的计策罢了。"

顾珏问:"那么巴山大侠看见大师兄跟着那个魔头离开,也只是一时的计策了?"

赵剑归硬着头皮回答:"是。"

"那就好。"顾珏松了一口气,"我们都不信大师兄你会做出那种事来,可师父他老人家一直日夜担心着。"

赵剑归道："你且放心。"他忽而想起玉仙儿与他提过阎大夫的事情，便又问，"清风，你们谷中可有一位大夫姓阎？"

莫清风怔了怔，问道："大师兄说的可是阎师弟？"

自玉仙儿说了那些话后，赵剑归已觉得这世上只怕根本没有阎大夫这个人，可现下听见莫清风如此回答，他不免又有些犹豫起来。

顾珏的语调有些急切："大师兄见过阎师弟？他在何处？"

赵剑归还未开口，玉仙儿已抢先道："在魔教。"

顾珏惊道："魔教将他抓走了？"

赵剑归道："他是被魔教请去的大夫。"

"不可能！"莫清风一脸愕然，"阎师弟的独女死于魔教长老之手，姗儿那时不过十六岁，阎师弟无论如何也不会为那些魔头治病的。"

赵剑归一怔。

阎大夫看起来也才二十出头，怎么可能会有一个十六岁的女儿。

赵剑归说："阎大夫他比你年长？"

莫清风道："阎师弟已逾不惑之年，他入谷晚，所以我才称他一声'师弟'。"

赵剑归问："他看起来很年轻？"

莫清风摇了摇头，说："姗儿过世后，阎师弟一夜白头，虽然他才四十来岁，可看起来已像一个花甲老人了。"

赵剑归与玉仙儿目光相对，两人的神色不免有些凝重。

顾珏眨了眨眼，好奇问道："大师兄，究竟出了何事？"

赵剑归迟疑道："你们可知这位阎大夫现在何处？"

"几个月前，有人请阎师弟为母治病，阎师弟不喜出谷，那人在门外跪了许久，阎师弟才被其孝心所动，随之出谷去了。"莫清风说道，"只是他去了几个月都不曾回来，谷内众人十分着急，怕他遭到了不测。"

赵剑归问："请他出谷的那人很年轻？"

莫清风道："不过二十岁。"

赵剑归说："那人看上去很傲气？"

莫清风想了想，道："的确有些轻慢，无论对谁，脸色都十分难看。"

赵剑归已说不出话来。

顾珏接着说道："不过正是因为他浑身傲气，却能为了母亲下跪低头，阎师弟才会被他感动。"

赵剑归黯然道："只怕他不是为了母亲低头的。"

顾珏茫然不解，道："不是为了母亲，又是为了什么？"

赵剑归说："权。"

他已想明白卫旗的那句话。

其实季寒与卫旗早将这件事告诉他了，他却全然未察，直至这时候才发现。

那个"阎大夫"是年轻人，与季寒一般年岁，自称是被魔教中人找来为老教主治病的神医，却似乎并不通医术。若卫旗猜测不假，那个"阎大夫"根本不是真正的阎大夫，可季寒主动替他隐瞒，甚至对他再三忍让，那么他的真实身份不言而喻。

赵剑归拉着玉仙儿走出门外，压低声音，神色严肃地开口问道："教中那个阎大夫是不是……"

玉仙儿苦笑道："现今看来，一定是了。"

赵剑归思索片刻，忽而说道："我们该动身了。"

玉仙儿一脸愕然，道："现在？"

赵剑归道："若真是如此，季寒只怕会有危险。"

玉仙儿有些哭笑不得，道："赵大侠，我想教主正是因为担心你被此事牵连，才让小卫送你下山的。"

赵剑归一字一句道："他有危险。"

玉仙儿道："就算如此，又能如何？魔教有不少人如今仍只听老教主的吩咐，而赵大侠你只是孤身一人。"

赵剑归沉默不言。

玉仙儿又道："我虽不懂江湖之事，可也知道杀了盟主大弟子是大罪，此事没有澄清之前，只怕赵大侠你根本找不到帮手。"

赵剑归总算开了口："我有办法。"

玉仙儿问道："什么办法？"

赵剑归缓缓说道："细算起来，我已有一年多未见二师弟了。"

5

自魔教众人抵达白苍城至今，已逾七日。

教中早已安排好了一切，就连老教主殷不惑也在昨日夜间带着教中的援军赶到了此处。

各项计划与布置近乎完美，可到了这时候，卫旗反而更加不安起来。

他一直在害怕自己的猜测成真，而昨日老教主竟将阎大夫也一并带来了，这多少佐证了他的想法。季寒绝非天真烂漫的孩童，他想季寒应当早已猜到了一切，可不知为何，却甘心全盘接受。

一旦心里有愁绪，看起来难免就有些不对劲，卫旗每日皱着眉发怔，这一日却听下人提起季寒的状态也很不对劲。

大丫鬟留在教中，跟来的是几个十五六岁的小丫头，叽叽喳喳说教主已有好几日未曾好好吃饭，只推说没有胃口。

卫旗决定去见见季寒。

季寒看起来与往日并无多大差别，只是脸色要稍显苍白一些。他不知是在思考什么，眉头深锁，显然并不开心。

卫旗想了许久，终于开门见山地问道："教主在担心什么吗？"

季寒负手立于窗边，沉默不言。

其实卫旗心中是明白的，他想季寒十有八九是在忧心赵剑归的安危。

玉仙儿带赵剑归走了这么些日子，连一封平安信都没有往这边送过。更何况，玉仙儿带着赵剑归逃走时，赵剑归身上还带着毒，也难怪季寒会担心。

季寒忽而说道："玉仙儿不会武功，也不是江湖人，你让此人去做这件事，未免莽撞了一些。"

卫旗一怔，正想解释，季寒却已深深叹了一口气，问："你可想你的意中人？"

卫旗道："自是想的。"

季寒道："可你好像并不担心。"

"她无病无伤，现今在很安全的地方。"卫旗微微笑了笑，"属下为何要担心？"

季寒沉默片刻，低声说道："是，根本不必担心。"

季寒问起武林大会举行时教中的布置，两人又聊了几句，随即卫旗准备离开。

刚走到门边，卫旗便看见朝着此处走来的殷不惑与阎大夫。阎大夫走在殷不惑身边，他对这位魔教前任教主看似尊敬又疏离，可举止之中分明带上了亲近。

卫旗的心忽然狂跳起来，他想自己至少猜中了一半。

6

卫旗退到墙边，目送二人走进季寒的房间。

季寒对老教主一向十分尊敬，见殷不惑进来，他忙站起身，恭恭敬敬地行礼，唤了一句"义父"，却对殷不惑身边的阎大夫视而不见。

殷不惑脸色微沉，走到上座坐下，开口说道："寒儿，这是你的兄长。"

他所指的当然是他身侧的阎大夫。

季寒微微皱眉，却仍旧未开口。

殷不惑已有些不悦。

"自那日歹人行刺，为父受了重伤，便觉得当年将你的兄长送走是错的。"殷不惑说道，"想来为父也到了颐养天年的时候，所以将他接了回来。现今你既已是教主，身边若有兄弟助你一二，你也会轻松一些。"

季寒垂首不言，心中却禁不住想：兄弟？他愿与之交心的兄弟，除了那人，再无旁人。

殷不惑又道："为父知你心有芥蒂，但你幼时，我不许你与他一同玩耍，不过是希望你能心无旁骛，若不是如此，你又怎会有今日的成就。"

他低眉望着季寒，像望着自己不懂事的孩子，脸上的神情甚是慈祥。

季寒只好将不满咽下，对着阎大夫微微低下头来，唤了一句"兄长"。

殷不惑对此十分满意。

而后他又仔细地询问了教中关于武林大会的布置与计划，以显示对季寒十分关心。

季寒道："我们已探得浩然盟收到赵剑归传递的消息后，决定从那处小道上山，好将我们堵在路中一举歼灭。"

说这话时，季寒有点走神。这本是他将计就计，故意透露给赵剑归的消息，待浩然盟诸人进了羊肠小道，教中伏兵前后夹击，对方便再无退路。可为什么此时此刻他的心里竟有了歉意与不忍？

浩然盟中如同赵剑归那般的顶流高手没有几个，但武功高强之人不在少数。季寒担忧甚多，此前一直不肯轻易动手，可殷不惑强行执行这个计划，并说会带着教中亲信随后跟来。

"寒儿，现今你是魔教教主，自该身先士卒，带人为饵，诱敌深入，届时我再从后包抄。想必那些正派高手有天大的本事也无法逃出，浩然盟必败于此劫。"

季寒神色淡淡地看着殷不惑，脸上看不出什么情绪来。

殷不惑说这些话时，神色分明是很关切的，再三叮嘱他千万小心，结果如何都好，只切莫伤着了性命。而殷不惑身旁，那位兄长自始至终阴沉着一张脸，几乎连正眼也不想去看他，仿佛他欠了其几百万两银钱。

是了，季寒忽而想起来，自己是欠了他一个教主之位的。

殷不惑问清计划明细，便要与阎大夫一同离去。

离开前，殷不惑还叮嘱季寒好好休息，说他有伤在身，切莫再着了凉。

季寒颔首致谢，却忍不住在低头的瞬间挑眉，义父这态度，实在与前几日判若两人。

待他们离去，卫旗又从门外摸了进来，原来他方才一直站在门外没有离开。

殷不惑显然看见了他，却未让他离开，想来已不打算再隐瞒此事。

季寒问："你都听到了？"

卫旗点了点头，说："是。"

两人尽皆沉默起来。

许久之后，季寒才重新开口，问他："我看你与玉仙儿感情甚好，却不知你们是如何遇见的？"

这个问题与他们方才所说之事毫无关联，卫旗有些吃惊，而后微红着脸，尴尬地回答道："有一日，我与堂中几位兄弟一同游秦淮，在河上见着一艘画舫，仙儿……仙儿就在里面。"

季寒道："你喜欢的人也很喜欢你。"

卫旗不好意思地挠了挠脑袋。

季寒忽而又道："武林大会时，你不必跟来了。"

卫旗一怔。

季寒负手转过身去："如果没有其他事，你就先回去吧。"

卫旗皱了皱眉，似乎想了想措辞，这才开口说道："赵大侠也很关心您。"

季寒："……"

卫旗道："无论如何，这次武林大会属下是一定会去的。"

季寒沉默良久，他觉得自己仿佛被这些纷乱的杂事压得喘不过气来。他不想如此，却又不知该如何是好。

卫旗低声唤道："教主……"

季寒只好道："随你便是。"

"起初赵大侠虽是在做戏，可他早已将自己赔了进去。"卫旗迟疑道，"若是教主您有什么三长两短，他一样会很难过。"

季寒语调生硬："我知道。"

正邪不两立，他仍是不喜欢别人如此直白地说出他与赵剑归的关系。他并不知道这是一种什么样的情绪，可能是对赵剑归的欺瞒略有愤怒，也可能只是单纯的羞恼。

好在他一直不曾怨恨对方。

他们背负着各自的责任，不得不做出一些违背本心的事情来。在这种境况下的他，是很能理解赵剑归压在肩上的担子的。

卫旗神色复杂，欲言又止，最终只是朝季寒行了个礼，便退了下去。

季寒绕回桌后，书桌上摊着探子送回的地图，他已看了千万遍，白苍山的地势走向几乎刻进了他的心里。

桌上一点烛光微明。

季寒忽而想起来，武林大会就在明日举行。

7

浩然盟自那日收到魔教暗线报来的消息后，便已开始仔细布置。

到了武林大会当日，他们在白苍崖下的小道外埋伏许久，终于见魔教的人悄悄进了小道。浩然盟盟主循着暗线送回的画像，认出了卫旗。

而此时卫堂主正与一名劲装女子紧随于一人身后。

那人看上去不过二十出头，着一袭黑衣。盟主觉得此人有些眼熟，可天光昏暗，他着实看不清楚那人的面容，只见卫堂主对其甚是尊敬，他便觉得此人在魔教中的地位不低。

忽然有人低呼出声，其身边的人便去捂他的嘴巴，以免被魔教恶人发现了他们的踪迹。

盟主回过头，见方才想要说话的是巴山大侠靳北郭，不禁皱了皱眉头。

靳北郭挣开旁人捂他嘴巴的手，压低声音道："盟主，那是季寒。"

盟主一脸愕然，低声道："你确定？"

"我虽看不清他的脸，却识得他的剑。"靳北郭的神色微微黯了黯，"那日我是见着赵兄跟着这魔头走的。"

盟主怔了片刻，而后心中一阵狂喜。

他们原以为带人前来的至多是那个飞鹰堂的卫堂主，抓住一名魔教堂主已是了不得的大事，谁知今日竟连季寒也来了。

这可是钓上了一条大鱼。

8

季寒领着魔教教众循着小道走了不久，忽然低声与卫旗道："他们跟来了？"

卫旗说："是。"

他身边的花护法稍稍回眸望了望身后，朝着季寒说道："上钩了。"

季寒不再多言，依照计划继续向前走去。

此刻殷不惑大约尾随跟上他们了，他再往前走一段路，待听到信号时，回身与殷不惑等人前后夹击便是。

他们又行走了片刻，终于听到身后传来响箭号令。魔教教众早得了吩咐，一听着那声音，便拔出武器来，趁着浩然盟众人愣怔时，大喊着冲了上去。

盟主立即明白他们中了埋伏，便想着暂且撤退。谁知刚回过身，就听后面的人大喊："咱们被包了饺子！"

盟主这才有些慌了，正欲招呼众人鼓足劲突围，半空中忽然射来几支火箭，落在他们身边的野草堆里，"噌"地便冒出了火苗。

白苍山已有月余不曾下雨了，地上野草枯败，眨眼间，火势便蔓延开来。

他们不得不退了回去。

火箭太多，几乎在路上筑起一片火墙，将季寒他们的退路也截断了。

有几名魔教弟子冲得太靠前，被箭射中要害，倒在地上又沾了满地草屑，一瞬间便被烧成了火人。而那箭雨仍不停下来，花护法大惊失色，运着内力向远处的弓箭手大喊道："停下！是自己人！"

她话音未落，就险些中了箭。卫旗替她挡开乱箭，拉着她退回季寒身边。

仅这一瞬间，他们便已伤了七八个人。浩然盟比他们还要惨一些，那边箭雨稍歇，时间仅够他们退离火圈边沿，很快火箭便又压了下来。

花护法脸上写满震惊，拉着季寒的衣袖愕然道："教主，他们这是……"

季寒却是神色平淡，道："我们先离开这儿。"

他们再也顾不得一旁的浩然盟众人，迅速撤离此处。往上便是断崖，若是上了那里，他们就真的再无退路。季寒还记着那张地图，想起这附近有几处隐蔽的山洞，暂且可以去避一避。

未受伤的教众搀着伤患一同逃进洞穴，卫旗燃了火把清点人数，发现已折损了不少人。

好在他们随身带着伤药，当下便为伤患处理伤口。众人多少有些迷茫，实在不知为何教中人忽然对自己下此毒手。

花护法也受了轻伤，蹙着眉喃喃："他们难道是没有认出我们来？"

四下一片寂静，并无人回答她。

花护法更加疑惑不解："当初并不曾说用火攻，究竟是何处出了差错？"

沉默了片刻，季寒这才缓缓开了口。

"花护法，你难道还不明白吗？"他轻描淡写道，"我们已是弃子了。"

9

　　季寒说完这句话，花护法一时愣怔，过了半晌才回过神来，询问道："弃子？"

　　季寒道："是。"

　　花护法仍有些难以置信："老教主怎么会做出这种事来？"

　　卫旗在一旁苦笑道："你可知道那姓阎的小子是老教主的亲生儿子？"

　　花护法道："我隐约听说过一些传言。"

　　卫旗道："他们早就开始布置了。"

　　花护法皱起眉来，见季寒神色平淡，她忍不住道："您已知道今日老教主会……"

　　季寒的神色有些黯然，道："我大约猜到了。"

　　花护法一脸愕然，道："既是如此，为何教主还要按着老教主定下的计划行事？"

　　季寒垂眸不语。

　　花护法正要再问，恍惚间也明白了。

　　季寒说他只是大约猜到此事，便是不确定殷不惑真的想要他死，那毕竟是他的养父，他心中大约还是抱着一丝希望的。

　　花护法望着季寒，忽然不知该说些什么好。

　　若以江湖人一贯的思路来说，殷不惑养季寒长大，他若是想要季寒死，季寒就算是赔给他一条命也是应当的。

　　可她不信季寒真会傻到赔出一条命去。

　　伤患的伤口大多处置妥当，又歇了片刻，卫旗带着几人往洞穴深处走去。

花护法有些许不解，轻声询问了季寒，季寒这才缓缓开口道："早些日子，卫旗手下的人勘察小道时，我让他们在这洞穴内留了些东西。"

花护法问："什么东西？"

季寒道："食粮。他们在外边放火，不是想烧死我们，便是要困住我们，而有了洞中藏的那些食粮，我们倒也能撑过几日。"

花护法原以为季寒藏着什么逆转乾坤的法子，闻言不免失望道："多撑几日又能如何？"

看现今这境况，无论如何他们都逃不过这一劫了。

季寒轻声道："等。"

花护法问："等什么？"

季寒道："等人来。"

花护法不免叹气，心中已绝望起来。

季寒继任教主的时间并不算长，来不及培养多少心腹，现已全在这儿了，她实在想不出还有谁能来救他们。若说等正派获救时趁乱溜走，那也并无多大可能——正派本就人才凋零，高手也都被困在了白苍山上。她想破脑袋，也想不出还有什么人能来救他们。

她叹一口气，自言自语："哪还有人能来救我们，只怕我们是死定了。"

季寒却仍是语调平淡："自然是有人来的。"

花护法一怔，问："何人？"

季寒道："赵剑归。"

10

他们不曾等到赵剑归，倒是先等来了浩然盟众人。

殷不惑显然是想先困他们几日，待到他们心乏体困时，再将他们一举拿下。而这洞穴在高处，又颇为隐蔽，季寒原以为此处是不会如此轻易被浩然盟的人发现的。他们在洞穴里休养了一日，大多数人的情绪已十分低落，垂头丧气地蹲在角落，不言不语。那厢卫旗却兀自趴着烤起了干粮，一时间香味四溢，已有几人悄悄往这边看来。

季寒毕竟有伤在身，本已在闭目休息，半梦半醒间闻着那香味，不由得睁开眼往那边看了看。

早先还满脸绝望的诸人已在火堆旁围坐成一圈，睁大了眼睛，可怜兮兮地等着卫旗给他们发馍馍。

季寒："……"

他忽然也有些饿了。

洞穴外忽然传来了脚步声。

众人纷纷叼着馍馍潜伏，季寒有些头疼地看了他们一眼，闪身到石壁后屏息静听。

外面有人在低声说话。

那人说话的声音听起来十分悦耳，口音却很重，汉话也说得并不怎么好，而季寒能察觉到外面有三人的气息，却只听见了一个人的声音。

那人几乎是从嘴里往外蹦出简单的词句："有洞穴。"

他们的脚步声近了一些。

那人吸了吸鼻子，又道："好香，我饿。"

季寒冷冷地瞥了一眼身边还叼着馍馍的卫旗与花护法。花护法被他看得心惊胆战，便想将馍馍藏起来，卫旗却满眼无辜地回望着他。

外面的声响稍稍一停，另一个人开口道："里面的朋友，不必再藏了，可否出来说话？"

此人大约是中原人士，至少他的汉话说得很好，声音十分沉稳。

季寒觉得这声音有些耳熟，便稍稍探头望了一眼。

来人是巴山大侠靳北郭，而他的身后赫然跟着漠北二杰。

季寒的神色一瞬间变得很复杂，他想起了赵剑归与他说的那个故事。

季寒虽然知道赵剑归在很多事上骗了他，但关于这个故事，他倒是有几分信的——靳北郭总是与这两人一同出现，他们之间的关系实在是令人浮想联翩。

更何况，他听闻赵剑归与靳北郭是生死好友，赵剑归总不至于会故意编出瞎话，陷好兄弟于这等尴尬中。

漠北二杰是孪生兄弟，声线十分相似，不用眼睛去看时，季寒也实在难以分辨究竟是谁说了话。更何况不知为何，现今他根本没有心思再去细听他们说话。

那三人在外面轻声聊了几句后，季寒感觉到又有一拨人靠近洞穴。

这一回来的人更多，季寒猜想是那些逃上断崖的浩然盟众人折返回来，想要寻一处栖身之所，恰巧发现了这个洞穴。

卫旗烤干粮时的香味被他们闻到，他们已知道洞穴内藏了人，只因尚且不知是敌是友，才一直不敢走进来。

当下若是与浩然盟争斗，对双方都十分不利。季寒一时不知如何是好，便也迟迟不肯暴露行迹。

外面的人又站了片刻，忽然迅速躲进了洞里。他们不及魔教教众进洞那么深，因此两拨人并不曾碰上，可季寒还是微微心惊，不知究竟出了何事。

他侧耳去听，忽而又察觉到外边传来了声响，似乎又有一拨人靠近。

他心中不安。

只怕是殷不惑来了。

11

四下复归平静，季寒只听得见外边越来越近的脚步声。

有人在洞外低声开口说道："里面有人。"

另一人低声笑答："只怕还有不少人。"

说话的正是殷不惑与阎大夫。

季寒骤然听到殷不惑的声音，禁不住微微绷直了脊背，握剑的手也已收紧。

殷不惑既已置他于这般境地，他便是动手杀了殷不惑也不为过，况且殷不惑的武功远不如他。现在他虽受了些伤，杀殷不惑倒也不难。

可他不忍。

他自小便跟着殷不惑，殷不惑教他学文习武，也教他办事做人，虽对他冷淡了些，可无论如何那也是他的父亲。

若是他真有杀殷不惑的念头，早在发现殷不惑布置的陷阱时就动手了。

季寒缓缓地松开了剑。

他想起殷不惑曾与他说，身为圣教教主，最紧要的便是心狠手辣，不怕死的人终究是少数，将这些少数杀了，便不会再有人反抗。

可他终究是心软之人，也坐不住这教主之位。

外面忽然传来一阵喧闹声，浩然盟众人似乎想要突围，现下已与殷不惑等人打斗起来。

浩然盟诸人被困多时，早已疲惫不堪，哪里是他们的对手，不多时便落了下风。卫旗凑在季寒耳边，示意他此时趁乱而上，可助浩然盟一臂之力。

季寒的心绪还有些杂乱，不过稍有迟疑，时机已失。

外面打斗声骤停，他们再探头去看时，漠北二杰中已有一人被擒。殷不惑抓着人质去威胁那些江湖侠士，浩然盟毕竟是名门正派，当然不会眼睁睁看着自己人出事，只好纷纷丢下兵刃，束手就擒。

浩然盟盟主被封了穴道，喘着气道："殷不惑，想不到你还没死。"

殷不惑微微一笑，并不言语。

阎大夫朝洞穴里望来，说道："里面还有人。"

殷不惑闻言，也往里面看了看，微一沉吟，冷冷开口道："寒儿，你还要躲到什么时候？"

季寒不禁又握紧了剑，却仍旧一动不动。

此时他心中有些疑惑，他们数人屏息躲在这洞穴内，若是习武之人，有所察觉倒也正常，可那阎大夫自幼被送往普通人家，应当是不会功夫的，又为何会发觉还有人躲在里边？

浩然盟盟主惊道："季寒魔头也在此处？"

殷不惑不曾理他，悠然道："寒儿，你若是不肯出来，我们进去也好。"

殷不惑话音未落，阎大夫已然走进洞穴。

待阎大夫走得近了，季寒便见他手中握着一把剑，心下讶然，却不知他功夫深浅——他既然敢孤身进来，那便是对自己的身手很有信心。

季寒实在不敢贸然动手。

可阎大夫只要再往里走上几步，就要撞见躲在前边的魔教弟子了。季寒心知此处唯有他武功最高，若他不肯出手，那几人根本无力抵抗。

届时，只怕他躲在洞穴内的亲信必死无疑。

思及此处，他不禁挺直脊背，握紧手上三尺青锋，大步走了出去。

卫旗与花护法一脸愕然，忍不住去扯季寒的衣袖，却被他轻轻拂开。

阎大夫已看见他，面上微微带了笑意，慢悠悠道："季教主，许久不见。"

季寒神色冷淡，显然不想与阎大夫多加客套。

"拔你的剑。"他冷冷地说道。

12

阎大夫笑了，说："洞内空间狭小，你我二人施展不开，不如一同到外面去决胜负。"

季寒仍是冷冷看着他，并不言语。

阎大夫道："你且放心，只要你能赢我，我立即放其他人走。"

季寒虽然不信，却也别无他法。

洞穴内的确施展不开身法，更何况对方人多势众，不管阎阎大夫此言是不是在骗他，他都只能尽力一试。

身后的卫旗慌忙拉住他，低声在他耳边急切道："教主，您还有伤在身。"

季寒轻轻拂开了他的手："无妨，你且退下。"

卫旗道："可是……"

季寒微微摇头："你们留在这儿，不要出来。"

阎大夫唇边的笑意更甚。

卫旗咬牙，下定决心大步跟上。身后脚步声不止，他回过头，便看见其余弟子已默然跟上。

季寒与阎大夫一同走出洞穴，殷不惑见着他，也只是微微一笑，并未多言其他，似乎觉得这个结局理所当然。

那边浩然盟中，靳北郭看见了季寒，愕然之后便指着他喊道："魔头！赵兄现在何处！"

季寒仿佛不曾听见，漠然走出几步，却听得阎大夫在他身后笑道："自然是死了。"

浩然盟众人静了片刻后，靳北郭骂道："你这魔头！我活着一日，定要杀了你为赵兄报仇！"

他手中并无兵刃，又被封了穴道，自然不能冲过来"手刃恶贼"，只能声嘶力竭地骂些粗鄙之语，忽而便哑了声音跌坐在地，以手捂眼，泪流满面。

浩然盟盟主也呆怔着喃喃自语："是我……是我害了赵贤侄。"

季寒却充耳不闻，走出几步后回转过身，冷冷地对阎大夫道："你拔剑吧。"

阎大夫道："我既是你兄长，自然是要让你一些的。"

话音未落，他手中的剑已出鞘，直攻季寒肩头。季寒以剑鞘挡过，顷刻间剑已在手。

阎大夫使的是软剑，专攻季寒受伤未愈的肩侧。

季寒本就不擅防守，软剑又与普通长剑不同，他以剑挡住攻招，阎大夫的软剑剑身便如同长蛇一般斜着在他身上割出了一道伤口。

几个回合下来，季寒已觉得肩上伤口开裂，剧痛不已。他又挡下阎大夫几招之后，手上忽而失力，长剑脱手而出。他急忙侧身躲开剑招，下一式却是再也躲不过了。

他的后背已为剑气所伤，眼看下一秒便要命丧于此，却倏忽听得阎大夫吃痛出声。他扭过头去，只见阎大夫手里的剑也被人打飞了，而他身后站着一人，白衣胜雪。

季寒怔了片刻，待那人回过头来，他心下一软，几乎下意识脱口唤道："赵剑归。"

赵剑归道："我来迟了。"

季寒蹙着眉，下一秒却抿唇笑了起来，低声道："还好，算不得太迟。"

浩然盟众人静寂半晌，靳北郭惊道："赵兄，你还没死？"

赵剑归未答他的话，而是垂眸望着跌倒在地的季寒，微微笑道："承蒙教主厚爱，赵某总归算是逃过一劫。"

季寒已抑不住嘴角笑意。

赵剑归一句话还未说完，倏忽反手回剑，挡下阎大夫一招，而后打落他手中长剑，缓缓开口道："你记住，天底下最厉害的剑，不是杀人的剑，而是救人的剑。"

13

季寒怔了怔，忽而明白了赵剑归这句话许是对他说的。

那日他曾与赵剑归说过，他的剑法并无守招，全是杀意。而江湖也曾传言，他的剑是杀人的剑，赵剑归的剑是侠义之剑。

他未曾想到赵剑归会在这句话上与他较真，大抵是为了与他争这个"天下第一剑客"的名号。思及此，他心中不免觉得有些好笑，却又有些紧张，盯着赵剑归与阎大夫交手，蓦地发觉附近已围了一些人过来。

那些人他并不认识，只看出他们训练有素，武器精良。他本有些警惕，但在望见小林探头探脑地跟在其中一人身后，便舒了一口气，转头专心去看赵剑归。

阎大夫不过是因为季寒有伤，方能占上一些便宜，此时与赵剑归交手，不过片刻便已落了下风。一旁的殷不惑察觉不妙，便要其余教众一齐动手。

殷不惑的人刚要出手，方才隐于丛林间的人便已围上。

他们的武功虽比不得江湖高手，但胜在训练有素，默契无间。站在小林身旁的那名年轻人身着鸦青长衣，像他们的首领，他几声令下，倒有些军队迅疾如风的意味。

他隐约猜出眼前这人究竟是何人了。

双方陷入僵局，季寒转过头，见卫旗等人仍在发呆，不由得皱起眉，高声唤道："卫旗！"

卫旗与花护法会意，领着教众加入战局。

大局已定。

待殷不惑等人落败之后，赵剑归收剑走过来，要替季寒止血、包扎，而那身着鸦青长衣的年轻人开始替浩然盟盟主等人解穴道。

盟主自是万分感激，出口询问道："幸得少侠出手相救，不知少侠尊姓大名？"

年轻人微微一笑，道："愧不敢当，在下温景山。"

见盟主等人似乎不知温景山是何人，他便补上一句："赵剑归是我师兄。"

盟主稍怔片刻，神色微有变化。

季寒也皱眉道："那是你二师弟？"

赵剑归问："你认得他？"

季寒道："你曾提过……他是六扇门的人？"

赵剑归点头："是。"

季寒沉默不言。

江湖人最不喜与朝廷牵扯上关系，若是有江湖人一辈子为朝廷使唤，他们提起此人时难免要称一句"走狗鹰犬"，好似只要投靠了朝廷，便是不要脸的奴颜婢膝之人。温景山归属朝廷，本无大碍，可此时浩然盟为他所救，那未免就太过伤面子了。

这种事可大可小，若是处理不好，只怕要将赵剑归也牵扯进去，以后他在江湖再难立足。

温景山自是心知肚明，也不与盟主多加客套，而是走到赵剑归身边，朝着季寒温和一笑，又问赵剑归道："师兄，这两人应当如何处置？"

他说的自然是殷不惑与阎大夫二人。

此时有三方势力在此，无论将二人交给谁，如何处置，均会惹人不悦，倒是一个棘手的难题。

盟主道："此等恶贼，自当就地正法，以正视听！"

季寒仍是沉默不言。

温景山只是笑吟吟地看着赵剑归，似在等他定夺。

殷不惑听了盟主之言，当下慌了，急忙开口道："寒儿，我是你父亲！"

赵剑归冷冷道："你设局杀他时，可不曾把他当儿子。"

现今看来，殷不惑只怕从季寒幼时便开始精心筹谋。他教季寒习剑，不过是要季寒做斩断荆棘的柴刀，好为他的亲生儿子开道。

殷不惑哑口无言。

季寒虽然恨殷不惑，但到底狠不下心亲自动手。

赵剑归知他心意，也知道殷不惑落在魔教人手里，只会令他徒生烦恼，而落于正派人手上便是拂了魔教面子，殷不惑也必死无疑。

思来想去，赵剑归只好开口道："师弟，他们便交给你了。"

温景山笑道："师兄这可是送了我一份大礼。"

朝廷早有整顿江湖的意思，魔教前任教主的确是一份好礼。

季寒微微蹙眉，却一言不发。

盟主越发不高兴起来，高声道："赵贤侄，你莫要忘了你的身份。"

周围众人议论纷纷，他们还记着赵剑归先杀盟主弟子，后又叛入魔教之事，此时不免有些回不过神来。

季寒望了盟主一眼，道："而今本座既为教主，便绝不会再侵你浩然盟半分。"

盟主一时愕然，嗫嚅半晌，又说道："既是如此，赵贤侄，你也不必再去魔教潜伏了。"

众人恍然大悟。

季寒道："教中出了此等大事，不知变故几何，本座怕是要连夜赶回教中。"

他抬起眸看着赵剑归，那意思便是希望赵剑归与自己一同回去了。

赵剑归望了望季寒，无奈道："我师父知道了这些事，他……他罚我上山思过三月。"

季寒蹙眉。

赵剑归忽而压低声音，如同耳语般在他耳边低笑道："师父他老人家还请你三月后来喝一杯茶。"

14

季寒愣怔许久，忽而退后一步，傲然道："我不去。"

其余人离得远，并未听清他们说了些什么，均是茫然不解，只有温景山笑出声来。

赵剑归有些委屈。

季寒咬牙切齿道："莫要忘了两个月之后，你我论剑峰决战之约。"

赵剑归说："啊？"

季寒道："你若是输了，'天下第一剑客'的名号便归本座所有。"

赵剑归委屈道："那时只怕我还在面壁思过。"

季寒冷冷开口："你不来便算是输了。"

赵剑归更是委屈："我来。"

季寒冷笑道："你记着。"

赵剑归失笑，缓缓一字一句道："好，我记着。"

15

听闻第一剑客赵剑归与魔教教主季寒约战论剑峰顶，江湖八卦人士很是激动，提早五六日赶来，占下了论剑峰上看热闹的好位子。

待到决战当日，他们从日出等到日暮，两名主角仍未登场。

有人疑惑道："莫不是我们记错了日子？"

也有人道："赵大侠难道还在面壁思过，根本不曾来论剑峰？"

一时间谣言四起，比论剑还要热闹。

赵剑归早在几日前便赶到了论剑峰，他不知季寒所言的约战是否为真，便托小林上山观望，他在山中的小屋子里等候消息，若是季寒来了，他再去不迟。

季寒没有来。

两个月未见，他不免担忧季寒重伤未愈，又或是在途中出了事端，这才未能及时赶来。

胡思乱想之际，赵剑归忽听得柴门轻响。他望向院中，忽见一人着黑衣长衫，缓缓走来。

是季寒。

赵剑归心中狂喜，快步走到院中，道："你怎么寻到了此处？"

季寒冷冷道："本座迷路了。"

赵剑归问："你要去论剑峰？"

季寒道："不。"

赵剑归问："那你在找去哪儿的路？"

语毕，他微微一怔，觉得这段对话似曾相识。

季寒皱着眉，望了他好半晌，才面无表情地挤出了那么一句话："和'正道之光'风雨同舟的路。"

卷四

定风波

江湖路远，请君珍重。

1

季寒同赵剑归约战论剑峰之事，一经传开，便在江湖上引起了极大的震动。

当世两大剑客生死一战，那可是难得一见的盛景，此等好戏，如何能不看！

论剑峰下排起长队，人山人海，不少侠士抱着铺盖，提前数日在此等候。决战当日，正邪双方难得在此暂时握手言和，一大早便一同登上了论剑峰顶。

他们当然不知道当事人此时正在小竹屋内密谈，正邪双方绕着论剑峰分成两拨，将面前的一块巨石空出来作为擂台，然而两人迟迟不到，他们显然已有些按捺不住。

人群中传来窃窃私语，不知是谁嗤笑一声，道："赵剑归是不是害怕了，怎么到现在还没来？"

很快便有人反驳："呸，季魔头也没来！"

正派人群中忽而爆出一阵吵闹声，是巴山大侠靳北郭铆足了劲朝反派发出的一声怒吼。

靳北郭吼道："我们赵兄剑法超群！"

魔教花护法不甘落后，掐着腰大喊道："我们教主天下第一！"

漠北二杰中一人接口道："赵大侠是最棒的！"

另一人在一旁不住点头："我哥哥说得对！"

花护法急了，猛地一拍身边始终沉默不语、假装自己只是路人的卫旗，压低声音道："快！输什么也不能输气势！快给教主鼓鼓劲！"

唯一知道季寒正在私会赵剑归的卫旗苦着一张脸，将脑袋埋下去："这就不了吧……"

花护法怒了："卫三！教主待你那么好！"

于是卫旗痛苦地抬起手挥了挥："教主帅，教主好，教主天下第一呱呱叫。"

靳北郭提气用功，立即将他的声音压了下去："赵兄赵兄！江湖最凶！"

花护法暗暗用劲，提上一口内力，以狮子吼的力度高声大喊道："教主教主！武林之主！"

双方剑拔弩张，眼看就要打起来了。

卫旗默默捂住了脸。

若是教主知道他们这样闹，一定要生气的。

2

季寒早已绕开看热闹的江湖人士，一路到了赵剑归暂居的竹屋。

他们二人站在院中相望，停顿片刻，忽而一齐笑了起来。

季寒道："我在路上遇见了小林，他让我来此处寻你。"

赵剑归问："你来抓我上山比剑？"

季寒摇了摇头。

"我很想与你比剑，只是现今还不是时候。"他轻轻敲了敲腰侧悬挂的长剑剑鞘，剑旁还挂了一壶美酒，"两个月未见，我先来找你喝一杯酒。"

赵剑归却皱眉望着他，问："你怎么又想喝酒，你的伤……"

那时季寒虽避开了要害，但留下的伤口却极深，后来伤口又崩裂过一次，只怕没有那么容易好。

季寒蹙起眉，有些赌气般说道："不喝也罢，今日我来寻你是有正事的。"

他不等赵剑归开口邀请，便大步走进了屋子，赵剑归只好跟上他，问："你要做什么？"

季寒问："你可还记得那些刺客？"

他当然记得此事，只不过他还在教中时，刺客那儿的审问一直未有什么结果，如今看季寒的模样，显然是有了什么新消息。

果不其然，季寒低声说道："对那些刺客的审问已有了结果。"

赵剑归的心不由得沉下去，道："是……是你义父？"

说出这句话时，他多少有些犹豫，甚至不知道如今该如何称呼殷不惑，因为他知道，季寒对殷不惑还是有些感情的。

季寒也注意到他语气中的犹疑，语调稍稍一滞，便接着说下去。

"不是他。"季寒低声道，"只怕在暗处还有想害我的人。"

赵剑归早已托师弟彻查此事。当时白苍山一役，殷不惑与阎大夫均被六扇门逮捕，可温长老却不见了，仿佛凭空消失了一般，整个江湖上再难寻得他半点踪迹。

此事太过蹊跷，季寒令卫旗彻查，却没有结果。

赵剑归知道六扇门查案的方式与江湖大不相同，他本想面壁思过结束之后便赶往京城六扇门，因为那时候他还以为想杀季寒的人是温长老，心中便觉得此事是很紧要的。可如今季寒这么一说，反而让他有些犹疑。

此事看起来是越来越复杂了，万千头绪，却不知从何查起。而如今季寒身陷危险之中，他得查得越快越好。

季寒沉默地在桌旁坐下，许久才说道："义父……他不在之后，教中事务繁多，我本不该出来的。"

以往季寒是殷不惑手中的傀儡棋子，实权一直掌握在殷不惑手上。如今季寒真正当了教主，需得平衡多方争斗，正是焦头烂额之时，却还是抽出时间赶来此处，赴一战之约，可见他对赵剑归的重视。

季寒道："我马上要回去了。"

赵剑归点头："我明白。"

季寒又说："我仔细想过，当时你说的那句话并非没有道理，我如今的剑术还不足以与你一战。"

赵剑归一时怔然，过了许久才明白，季寒所指的是白苍山大战时自己所说的那些话。

"天底下最厉害的剑，不是杀人的剑，而是救人的剑。"

这是他行走江湖多年悟出的道理，只因剑术练到最后都是

一样的，招与招之间并没有多少不同，高手之间的差距本就是极小的。

已臻化境时，能分高下的当是执剑者的心。

季寒的语调恢复平淡，言谈间带上两分傲气，道："可总有一天，我会击败你的。"

赵剑归不由得发笑，道："我相信会有那一天。"

天色渐晚，他送季寒出了小院，步至柴扉，望着季寒走出几步，方才想起了一件紧要的事。

他晃了晃自季寒手中夺来的那壶酒，对着季寒的背影大声道："下回再见，我请你喝酒！"

季寒摆了摆手，却并未回首，山间遥遥地传来他的声音。

"谁要与你喝酒！"

赵剑归心里愉悦，不由得发笑。

暮色四合，他倚着柴扉，望着季寒的身影渐渐消失在竹影层叠中。

3

众人从白天等到黑夜，正邪双方从掐腰对骂变成丢鸡蛋、砸西瓜，到了最后才等来赵剑归师妹顾珏带来的一句消息，说赵剑归面壁思过之期尚未结束，今日决战不会来了。

赵剑归的师门在江湖上是出了名的门风端肃，正派众人虽觉得失望，但也能够理解。随后季寒也令人带话过来，说他已与赵剑归另约时间再战。

众人乘兴而来，败兴而归，却也无可奈何，只得各自散去，等待他们二人再战之时。

可赵剑归与季寒相见后，并未动身返回师门面壁思过。

他送季寒离去之后，还未来得及收拾东西离开，便见小林自院外走了进来。

"好久不见，赵大侠。"小林并未与他客套，直白地往下说道，"盟主想见一见您。"

赵剑归随小林离了竹林小屋，抄小路上了论剑峰。

围观众人皆已散去，论剑峰恢复了往日平静。赵剑归隔着老远便看见盟主与几位浩然盟的老前辈在论剑台上负手而立，心中登时一颤，觉得这画面实在有些熟悉。

他下意识后退一步，想要掉头跑开。

依他的经验来看，接下来要发生的一定不会是什么好事情。

小林尚在赵剑归身后，知道自己拦不住他，便鼓足了劲大喊道："赵大侠，你要去哪儿？"

浩然盟盟主与几位浩然盟老前辈齐刷刷地转过头来。

赵剑归心中"咯噔"一响，只觉得不好。

他不过如此一想，果真见浩然盟盟主与那几位前辈齐刷刷地在他面前跪下了。

"赵大侠，"他们高声喊道，"求求你！救救浩然盟吧！"

赵剑归："……"

4

当浩然盟所有老前辈在你面前跪下时，一定不会有什么好事发生。

赵剑归深谙这个道理。

他只想施展轻功掉头就跑，将这群老头儿全部甩在身后，可他身为正道知名的大侠客，是断然不可如此的。

他只好站在原地，皮笑肉不笑地扶起浩然盟盟主，道："盟主，您这是做什么？"

老盟主不愧是身经百战、宠辱不惊的老江湖，他推开赵剑归的手，几欲声泪俱下，道："赵大侠，正道百年基业将倾，你若不答应，老夫就不起来！"

赵剑归："……"

赵剑归想，如今魔教在季寒的带领下改邪归正，江湖一派和睦，他们总不可能让他再去欺骗一次魔教教主。

更何况，连魔教教主他都欺骗过了，这个江湖还有什么事情是他做不到的？

他咬一咬牙，道："我答应了。"

老盟主面露喜色。

赵剑归又问："盟主，您可以说您要晚辈去做什么了吧？"

"对赵大侠来说，这绝对不是什么难事。"老盟主拉着其余几位老前辈麻溜地站了起来，拍一拍衣裳，笑眯眯道，"不过是要赵大侠再回一趟魔教——"

赵剑归："……"

老盟主将后面的话说完："保护季魔头。"

赵剑归："……"

5

老盟主将几封密信交与赵剑归。

"不久前，我们截获了几封寒鸦的密信。"老盟主道，"他们正在筹备对季魔头的第二次暗杀，无论如何也不能让他们得手。"

赵剑归翻看着密信，心中有些疑惑："不能让他们得手？"

正道的立场与他不同，站在老盟主等人的角度，他们应当希望魔教立即覆灭才是，为何又要三番五次阻止寒鸦暗杀季寒？

"魔教统领反派江湖，势力庞大，数百年基业深厚，要将其从江湖拔除，几乎是不可能的事情。"老盟主捋一捋胡子，道，"与他们相斗，难免两败俱伤。更何况如今正道势衰，更是不能与他们正面争执。"

赵剑归挑眉，道："您又要我去魔教做卧底？"

老盟主摇头。

"赵大侠误会了，老夫只是觉得，如今这局面无须争斗，并存尚可。"老盟主道，"如今魔教的这位教主还算平和收敛，若他能一直如此，正道便可养精蓄锐。可若是换了其他人当教主，或是魔教覆灭，反派众人没了魔教约束，必定要惑乱武林，这江湖局势可就真的不好说了。"

赵剑归道："还是免不了一战？"

老盟主笑吟吟看着他："这便要看赵大侠了。"

赵剑归皱眉："盟主这是何意？"

老盟主不再多说此事，反而将话题绕回寒鸦准备再次刺杀季寒一事上，道："对如今的正道而言，季寒是最好的魔教教主人选，赵大侠一定要保住他的教主之位。"

赵剑归蹙眉不言。

老盟主见他神色如此，便又补上一句："赵大侠一定好奇想杀季魔头的是什么人，可惜寒鸦首领身份成谜，老夫一时也难以查清此事。但好在老夫还能告诉赵大侠一件事。"

赵剑归不由得抬眼看他。

"殷不惑假死，是为了用季魔头作饵，引出幕后想杀他的人，好为他的亲生儿子解除威胁。赵大侠，你是这个局里突然冒出的无端变数，为了避免多生事端，他才会提前动手。"老盟主低声说道，"可那幕后之人却不收敛，他已不在魔教了，那人还三番五次地想对季魔头下手。"

赵剑归一惊，心中忽而一片通透，好似将整件事想明白了。

老盟主捋着长须道："也许他的目标不是殷不惑，也不是季魔头。"

赵剑归双眉紧蹙，抬手焚了寒鸦的密信，心中了然。

那人的目标是魔教教主——无论坐上教主之位的人是谁，都得死。

6

　　赵剑归离了论剑峰，乔装打扮，一路快马加鞭赶往魔教。

　　他未曾事先告知季寒自己要来魔教，还想着要给季寒一个惊喜，可他刚偷偷摸着跑到魔教山下，便与卫旗和玉仙儿撞了个正着。

　　赵剑归精心乔装打扮，原以为他们二人应当是认不出自己的，便急匆匆地要绕过去，不想玉仙儿眼尖，觉得他甚为眼熟，便将他拉住了，问："我可是在何处见过你？"

　　赵剑归还没来得及开口否认，卫旗已忍不住笑了，低声与玉仙儿道："仙儿，教主前几日还在念叨赵——"

　　赵剑归果真来了兴趣，急忙抓住他的手说："卫堂主，你说你们教主……"

　　他这一开口，便算是不打自招，自报家门了。

　　卫旗便也笑道："果真是你，赵大侠。"

　　赵剑归随卫旗上了山，路上还向他打探魔教近日来的情况。

　　他们尚未从那几名寒鸦刺客的口中得出其他线索，也未找着温长老，但近日时不时有人来试探他们的守卫，也许是那幕后之人要再次对季寒动手了。

　　卫旗一顿，忽而小声笑道："怪不得教主并不担心防卫疏漏，原来是早知道赵大侠要来此处。"

　　赵剑归解释道："没有，我并未事先告知季寒……"

　　卫旗点头，道："那也无妨，来了就好。"

　　赵剑归知道卫旗是故意拿他打趣，并未多言，只是心中有些窘迫。

卫旗知他乔装打扮至此，是不想被人发现身份，便向教中守卫随意编了一个借口，并未透露他的真实身份，将他带入了教中。

近日季寒公务繁忙，正在书房内处理教内往来的书信公文，由大丫鬟侍奉在侧。卫旗招手将她叫出来，请她代为通报教主。

大丫鬟稍有为难，道："教主方才吩咐了，不许别人去打搅他。"

卫旗推了推大丫鬟的胳膊，小声与她道："你就说赵大侠来了。"

大丫鬟一怔，疑惑道："赵大侠？在哪儿？"

话音未落，书房门"嘭"地打开了。

季寒一只手拿着书信，另一只手提着蘸满浓墨的毛笔，身子朝外一探，道："赵剑归来了？他在哪儿？"

卫旗"扑哧"笑出声来。

季寒不由得觉得尴尬，轻咳一声，道："本座看书信看得烦了，就随意出来看看。"

他话音方落，手中举着的毛笔便滴下一滴浓墨，落在他的衣襟上，显然并非他所说的"随意看看"。他分明是听见了赵剑归的名字，这才急匆匆跑出来的。

赵剑归心里觉得很高兴，不由得动一动嘴角。

谁知他还没笑出声来，季寒便冷冷地瞥他一眼："你是何人，你笑什么？！"

赵剑归道："我……"

季寒一顿，又惊又喜地道："赵剑归？"

赵剑归："……"

7

季寒命大丫鬟在门外候着，继而拉了赵剑归与卫旗进屋内说话。

他心情甚好，一时步履轻快，甚至主动为二人倒茶。卫旗受宠若惊，就连赵剑归也有些惊讶。

"我正想要写信给你。"季寒道，"而你正巧来了此处。"

不待赵剑归作出回应，他已稍稍敛容，与之谈起了正事。

过去了那么长时间，寒鸦的刺客仍押在魔教牢中，先前温长老的审问并无结果，季寒回来后便换由卫旗调查此事。

魔教刑罚严苛，很少有人能扛住这等严刑，史盖与许景莺也不例外。

他们二人很快交代了自己所知的线索，只可惜寒鸦一向是单线联系，他们拿钱办事，知道的信息并不算多。这幕后雇主的身份，只怕只有寒鸦组织的首领才知道。

可在这江湖上，至今仍未有人知晓寒鸦首领的身份。

赵剑归想了想，还是隐下了老盟主要他稳住季寒教主一位之事，只将其余推测告诉季寒。

末了，他蹙眉凝神道："若真是如此，他们定然会再次对你下手。"

季寒点头，说："我知道。"

赵剑归说："你会很危险的。"

季寒道："我已做好应战准备了。"

他的确准备齐全——这些日子，魔教内新增了不少巡逻守

卫。况且寒鸦的三大高手已折在了魔教，季寒并不担心自己会有危险。

可他说完这句话，便察觉赵剑归似乎稍有不悦，不由得皱眉询问："你怎么了？"

赵剑归道："我不放心。"

季寒一怔。

赵剑归说："我要留在你身边。"

季寒："……"

8

卫旗可还在场，季寒不免觉得羞赧尴尬，匆匆将目光躲开，嘴硬道："随便你。"

他嘴上说得随意，心里却是很高兴的，接着又说："你既然要在此处留下，总归得有个身份。"

江湖人均知赵剑归尚在师门面壁思过，更何况他们二人身份对立，赵剑归实在不好光明正大地待在魔教里。

赵剑归便问："那我该怎么办？"

季寒正要答他，大丫鬟忽然在外敲起门来，说："教主，时间到了。"

季寒做了教主后，魔教堂主、长老等人新旧更替，他正想办法扶植自己的心腹。今日，他本约了几名堂主说话，不想赵剑归一来，他险些将此事忘了。

季寒看向卫旗，说："此事就交与你和花护法准备了。"

卫旗点头答应。

9

季寒暂时先向赵剑归告辞，同大丫鬟一块儿离开了屋子。

卫旗寒暄了几句，便带着赵剑归往自己的飞鹰堂去，一面走一面说道："赵大侠要留在教主身边保护教主，那就是要与教主昼夜不离。我思来想去，也只有这几个身份比较适合赵大侠了。"

赵剑归问："什么？"

"教主的死卫、随侍。"卫旗每说一个身份就竖起一根手指，即将说到最后一个身份时，他笑了笑，竖起第三根手指，"或者……"

赵剑归："……"

10

赵剑归神色僵硬。

"赵大侠可听清了？"卫旗笑吟吟问，"可要我再说一遍？"

赵剑归连连摆手："我听清了。"

他想了想，自小林离去之后，季寒便一直缺一个贴身侍从，而有了前车之鉴，季寒挑选新的随侍时便格外小心，至今还没有合适的人选。

随侍负责照顾季寒的生活起居，那自然是要贴身不离的，论要保护季寒，这个身份也的确方便，只不过遇到相熟之人时，也许会很容易就被其他人认出身份来。

而死卫则不同，虽然死卫也是要贴身跟随季寒的，但大多数时候是躲藏在暗处，黑衣蒙面，几乎没有暴露身份的风险，

赵剑归很喜欢。

至于最后那个选择……

赵剑归看着卫旗的神色，怎么看都觉得卫旗是在故意逗他。

赵剑归微微皱起眉，轻咳一声，道："最后一个就……就罢了吧。"

"赵大侠，这可是最好的伪装！"卫旗显得很是失望。

赵剑归道："我……我选死卫。"

卫旗："……"

11

赵剑归成了季寒的死卫。

晚上，卫旗同季寒汇报过此事后，就算是确定了赵剑归的身份。

卫旗将赵剑归安排在季寒身边，与死卫首领方栾一同贴身保护季寒的安全。

方栾是一个年轻人，赵剑归看他不过二十出头，竟已负责起整个魔教死卫营的调拨运作，便对此人十分钦佩，以为这定然又是什么人中龙凤，只叹近年来正道人才凋零，竟少有这般的青年才俊了。

季寒同教中那些老狐狸和了一天稀泥，只觉得身心俱疲，回来与赵剑归打了个招呼，连晚膳都不曾用便歇下了。

而赵剑归正随方栾体验死卫的日常生活，以他的绝世轻功悄无声息地隐藏在季寒卧房的梁上，眼睁睁地看着方栾自怀中掏出一本带插图的小人书。

赵剑归："……"

他还未看清方栾手中那本小人书的封面，忽而又见方栾自兜中摸出了一把瓜子与一个小布袋。方栾塞了一颗瓜子到嘴中，悄声无息地嘬着嘴嚅动片刻，吐出两片完好无损的瓜子壳，丢进小布袋里。

赵剑归看得呆了，半晌后，他压着声音去问方栾："你这是在做什么？"

方栾嘴里还含着瓜子，闻言颇为无辜地抬头看一看赵剑归，低声说："死卫日常值守啊，赵大侠。"

赵剑归说："这是值守？"

"晚上值守很无聊的。"方栾道，"赵大侠你小声点儿，教主浅眠，耳朵还灵，可别把教主吵醒了。"

语毕，他又吐出两片瓜子壳，将小人书翻过一页，感叹道："我果然最讨厌夜间轮值了。"

赵剑归："……"

赵剑归觉得方栾的举动实在可笑。

死卫负责季寒的生命安全，怎可如此胡闹。

他不由得有些气恼，便想去纠正方栾玩忽职守的举动，微愠道："你是教主的护卫，理当保护好教主的安全！"

方栾一顿，脸上的表情更加无辜。

"赵大侠，你清醒一点。"方栾诚恳地说道，"以教主的武功，只有他保护我们的可能，没有我们保护他的余地。"

赵剑归："……"

12

赵剑归看着方栾看了一晚上的小人书，嗑完了一大袋瓜子，这才心神恍惚地跟着方栾回到死卫营。

他原以为死卫营内高手如云，可走到那儿一看，所谓死卫营，除了方栾外，就只剩下几个年老昏聩的老头儿，此时他们正凑了一桌打麻将，怎么看也没有半点死卫的样子。

赵剑归蒙了。

他看方栾已经心安理得地端着饭碗坐下围观打麻将了，便憋着心中的疑惑匆匆溜出去找卫旗。

"这到底是怎么回事？"赵剑归满心茫然，"为什么你们的死卫营只有六个人？"

卫旗却显得极为平静，说："赵大侠，我们死卫营就是这样的。"

赵剑归说："就是这样？"

卫旗点头。

"教主剑法超群，教中无一人是他的对手。"卫旗说道，"诸如方栾等人的武功，真打起来，也只会拖教主的后腿。"

赵剑归一噎，觉得卫旗说得很有道理，可又好像有哪儿不对："就算如此，他们也该尽职保护好季寒吧。"

卫旗摇头道："若真出了事，也是教主保护他们。"

赵剑归："……"

卫旗小心看了看赵剑归的神色，轻咳一声，拖长了音调说道："更何况——"

赵剑归问："怎么？"

卫旗说："其实教中的死卫营解散已久，是赵大侠你说要当死卫，我才去把方栾拖起来，重新组了一个死卫营的。"

赵剑归："……"

"死卫营不受重视，自然人才凋零。"卫旗又叹一口气，说，"就是当年老教主还在时，教中也未曾设置死卫，毕竟那时候教主已是我圣教的第一高手了。"

赵剑归："……"

卫旗又偷偷去看赵剑归的神色。

"所以，赵大侠，"他说，"你还要继续当教主的死卫吗？"

13

赵剑归放弃了。

魔教的死卫胡闹到这般地步，他若真的以死卫身份在季寒身边尽忠职守，反倒要让人怀疑。

而排除死卫这个选项之后，他能选择的就只剩下季寒的随侍了。

赵剑归毫不犹豫选了随侍一职。

卫旗带他去见了大丫鬟，将他交给大丫鬟处理。

他与大丫鬟已算得上是老熟人了，只不过上一次见面时，他还按着浩然盟编的词本试图欺瞒季寒，一番真诚倒有五成作假。那时候大丫鬟并不知情，还很支持他。可如今大丫鬟已经知道了真相，他们再见面时，难免就显得有些尴尬。

如今的大丫鬟看着赵剑归时，已没有了当初那般热情。

赵剑归看着她的眼神，甚至还觉得她有些不喜欢自己。

"赵大侠，"大丫鬟客客气气地打招呼，"许久未见了。"

赵剑归急忙点头答应。

大丫鬟说："教中不少人识得您的样貌，您若想当教主的随侍，还得稍作乔装才是。"

赵剑归自然没有任何意见。

大丫鬟又说道："花护法最精通易容之术，您且随我来，待换了样貌之后，我再将教主随侍应做之事告诉您。"

她领着赵剑归去见花护法，一路都显得很是冷淡。赵剑归尴尬不已，满心想的都是要如何解释，但直到他们来到花护法门前，他也只憋出了一句话："我与季寒那时候……实是无奈之举，我并不想那么做的。"

大丫鬟："……"

赵剑归又说："我已知错了。"

他没想到大丫鬟又误会了。

只见大丫鬟咬着小手绢，眼含泪花，以凌迟负心汉的目光瞪着他，大喊道："男人果然都是大骗子！"

赵剑归："……"

14

赵剑归看着大丫鬟转身跑开的身影，心中一片茫然。

花护法不知何时已出来了，正站在他身后笑，道："赵大侠，您可知您方才那句话听起来，简直就像在说您只是迫于无奈才护着教主一般。"

赵剑归说："我不是这个意思……"

花护法又道："而您知错就改，如今自然对教主的安危不以为意了。"

赵剑归："……"

这……这好像是一个误会。

花护法不再多说，只是将他请进了屋子里，以银针易骨之术为他变换面貌。

赵剑归见她戴起鹿皮制作的手套，将自己的手与药草隔开，不由得好奇询问："花护法，你这是做什么？"

"人皮面具需要精心护理，戴着也不舒服，您要整日顶着一张面具行事，未免太不方便了。"花护法道，"因此，我打算用银针扎入您的穴道，再佐以药蛊，如此一来，既能改变您的容貌，又能保证您易容过的脸与原来的样貌有些相似。"

她将那碾碎的药汁抹在赵剑归脸上，又说道："您只要每隔三日来寻我施针就好了。"

赵剑归紧闭着嘴不敢说话，那药草的味道刺鼻难闻，他生怕那古怪的药汁流到嘴里。他任花护法在他脸上折腾了许久，好不容易听见花护法说一切已经结束，他方睁开了眼。

花护法将鹿皮手套丢开，说道："这药草最令人讨厌，若是不小心沾上些许，一年半载都洗不掉。"

她的手边放着一面铜镜，赵剑归将镜子抓过来一看，镜中的自己已与以往大不相同了。

他以前是满面侠气，眉目锐利，如今倒是显得温和了许多，虽还有些神似，可世间有不少人外貌相似，他想这应当是不碍事的。

花护法送他回去见季寒，途中忍不住问起他如今与季寒的关系："赵大侠，如今您与教主算是好友，还是……"

也许是怕冒昧询问惹得赵剑归不高兴，她并未把后半句话说出来，只是这样反而让赵剑归更加觉得尴尬。

说实话，他也摸不准自己现在与季寒算是个什么情况。中秋节时，他与季寒在魔教的屋顶上喝酒，季寒是真真切切地与他共饮了一杯。那时候他以为季寒与他一般，将彼此视作结了义的兄弟，可后来季寒封了他的穴道，将他押至牢中，那半盏残酒看起来便像引他上钩的诱饵了。

之后季寒放他下山，又特意千里迢迢赶来赴他的一战之约，说是为了分个高下，却也像知交好友会去做的事。

如此种种，赵剑归已有些分不清，季寒到底是将他当作可以喝酒谈心的好友，还是只当作一个敌人，容他回山也只是为了将他放在眼皮子底下。

赵剑归不免叹上一口气。

真是糟糕。

如今小林不在此处，他连一个能问话的人都没有。

谈话间，他与花护法已走到了季寒住处。

花护法道："赵大侠，如今您应当给自己想一个新名字，也许您可以去问问教主的意见。"

她几步走到院中，正要让大丫鬟通传一声，不想季寒正同另外三人自屋中出来。

三人中一人是卫旗，他见赵剑归如此乔装打扮，倒未觉得惊讶。其余两人均是魔教长老，一人姓孙，另一人姓于，都是魔教里的老前辈，也是出了名的墙头草。如今季寒做了教主，正是排除异己的时候，他们便成日想着如何去讨好季寒，好坐稳自己的长老之位。

季寒本就不想动他们，成日被这么纠缠也实在是烦人得很，好不容易找了借口让他们二人离开，谁知才走出门，就见花护法领着赵剑归过来了。

卫旗已事先告诉他，赵剑归去寻花护法易容了，故而他并未如何惊讶，可孙、于二位长老显然就不同了。

孙长老看着赵剑归，率先出口询问："花护法，这位是？"

花护法笑着回答："这是教主新挑选的贴身随侍。"

于长老满脸堆笑，也问："教主的新随侍？你叫什么名字？"

赵剑归一怔，随口瞎掰道："我……我姓靳。"

于长老问得突然，赵剑归脑子里第一个浮现的人就是好友靳北郭，便借用了好友的姓氏。他实在没有多想，但这一随口胡说显然勾起了季寒的某些回忆。

季寒颇为古怪地看了赵剑归一眼，碍于多人在场，总算未曾多言。

而孙长老好似明白了什么，看赵剑归的眼神顿时就变得不

一样了。

季寒开口道："二位长老若无要事……"

孙长老立即赔笑道："没了没了，教主好好休息，我们先行一步。"

季寒目送他们离去后，匆忙拽着赵剑归进了屋，严肃地问道："有一事我想问你很久了。"

赵剑归不由得也有些紧张，说："什么事？"

季寒道："靳北郭与漠北双杰真的很亲近吗？"

赵剑归："……"

15

孙长老拉着于长老走出老远，见四周无人才停下脚步，神情激动地道："老夫明白了！"

于长老尚有不解，便问："你这是什么意思？"

孙长老道："刚才那随侍，你可看见了？"

于长老点头："当然看见了。"

孙长老的神色有些古怪，压低了声音道："你不觉得他长得有些像某位正派侠客吗？"

于长老一怔，继而恍然大悟："原来是这样！"

孙长老道："怪不得教主对我们送去的人丝毫没有兴趣，原来你我从一开始便弄错了方向。"

于长老道："没关系，现在醒悟还不算太迟！"

孙长老点头："我立即派人去寻一个这样的美人回来！"

于长老激动地握住了孙长老的手："成败在此一举，你辛苦了！"

孙长老也激动地回握过去。

"放心吧！"他说，"教主夫人的位置，我们势在必得！"

16

赵剑归告诉季寒那个荒诞故事的真相。

"那只是我一时胡诌的话。"赵剑归道，"其实靳兄与漠北二杰之间什么关系也没有。"

季寒显然很失望。

赵剑归又说："靳兄是正人君子，他当然不会做这种事。"

季寒只好叹一口气，转而道："你已确定要做本座的随侍了？"

赵剑归点头道："随侍要与你形影不离，护起你来最是方便。"

季寒本想着自己一个须眉男儿，又有三尺青锋在手，怎么说都不需要别人保护，可赵剑归对他说出这句话，他非但不觉得冒犯，心中反倒还觉得很高兴，甚至抑制不住唇边的笑意，轻声道："那就委屈赵大侠了。"

赵剑归摇头："随侍而已，不委屈的。"

他想，自小在师门中，自己什么粗活没做过？下厨虽不会，可其余的诸如劈柴、扫地等，他做得很熟练，区区一个随侍，当然难不倒他。

季寒又道："人后你不必过多拘谨，可人前……"

赵剑归点头："我知道，人前你便是我的教主。"

他这句话本无其他用意，可季寒听多了他说油腔滑调的话，

这一句正正经经的话反倒令其稍稍羞恼起来。季寒匆匆将目光移开了，道："本座会让大丫鬟多照顾你一些的。"

赵剑归点头道："好。"

他下意识将目光转到一旁的大丫鬟身上，一句"请多关照"还未出口，便被大丫鬟的目光将话逼了回来。他忽而明白当初自己演戏欺骗季寒时，季寒所承担的压力。

如今以大丫鬟为首，十几名婢女的十几双水汪汪的杏仁大眼正对他怒目而视，满眼都写着"人渣"两个大字。

赵剑归咽下一口唾沫。

他觉得自己和大丫鬟之间有些误会。

为了今后能在魔教顺利生存，他该去好好解开这个误会了。

17

赵剑归第一日的随侍生活并不算太忙。

季寒当然不会真的去使唤他，他在一旁站了片刻，季寒见时间已经不早，便让他回去休息。他没回去，而是跑到了大丫鬟屋外，敲开了门。

大丫鬟拿着一本书册过来开门，见门外人是赵剑归后，立即将书册藏到了身后。

"赵大侠。"大丫鬟表现得十分冷淡，"您有什么事吗？"

"我想我们之间也许有点误会。"赵剑归开门见山，解释道，"今日我说的那句话，并不是那个意思。"

大丫鬟皱眉看着他，脸上是坚决的表情。

"您不要再说了！"大丫鬟喊道，"我不会再让您伤害教主的！"

赵剑归：“……"

思索再三，赵剑归决定将自己来魔教的意图据实以告，道：“当初那件事的确是我做错了，可如今你可知寒鸦又在谋划暗杀季寒？”

大丫鬟明显一怔，答：“我不知。”

赵剑归说：“我是来保护他的。”

他想，大丫鬟一向是通情达理的人，只要自己态度恳切，她是一定能体会到自己对季寒的关切之情的。

果真大丫鬟的态度有了改变，她犹豫着问道：“可您那时候……赵大侠，您当初究竟为何要欺骗教主？”

来了。

这个致命的生死问答终究还是来了。

“正邪相对的道理，你应该很明白。我是正道侠士，未与季寒相识时，自然先入为主地觉得季寒是坏人。”赵剑归说，“那时我受人所托，潜入魔教，做了许多不该做的事。可如今我已知道错了，也绝不会再做出那种事了。”

大丫鬟仍然半信半疑：“事到如今，我怎么能信您？”

赵剑归急了，说：“如今季寒是我的生死之交，我保护他还来不及，怎么可能会害他！”

他想自己的这个说法似乎有些牵强——明明还未理清季寒与自己的关系，就冒昧地说二人是生死之交，若是季寒并未拿他当兄弟，季寒知道此事后，怕不是当场就要杀了他。

他原以为这个解释远不足以说服大丫鬟，不料大丫鬟听他说完这句话忽然就变了神色。

“果真如此啊！”大丫鬟说，“赵大侠，我就知道您与教主一定是惺惺相惜的！”

赵剑归说："啊？"

大丫鬟正是情绪激动的时候，一挥手便从袖子里甩出了方才她正看的那本小册子。小册子落在赵剑归脚下，赵剑归下意识低头一看，正好看见那小册子半掩着的封面上写着几个大字：戏论第一剑客与——

大丫鬟身手敏捷，一脚将那小册子踹飞，却不想它撞在了墙边，扑腾翻了一个面，正好让赵剑归看清了方才封面上被掩住的另外几个字：与魔教教主不得不说的故事。

大丫鬟："……"

赵剑归："……"

大丫鬟慌了："赵大侠，您听我解释！"

18

大丫鬟解释道："赵大侠，这件事真不是您想的那样。"

赵剑归："……"

大丫鬟继续解释道："这只是一个巧合！"

赵剑归："……"

大丫鬟强词夺理地解释道："这……这是其他人丢在我这儿的！"

赵剑归："……"

大丫鬟彻底慌了。

"赵大侠，您千万别把这件事告诉教主。"大丫鬟手足无措，"若是教主知道了……教主真的会剥了我的皮的！"

赵剑归捡起书册翻了两页，倒吸了一口气，道："你先告诉我一件事。"

大丫鬟乖巧地点头。

赵剑归说："这玩意儿到底是谁写的？"

大丫鬟犹豫许久，终于下定决心。

"是卫堂主带回来的相好。"大丫鬟说道，"玉仙儿。"

19

季寒脾气虽好，但毕竟是魔教教主，余威在外。因此，玉仙儿在那书册中并未用到他们二人的真名，可傻子都能看出这书册里写的是谁。

更可怕的是，依大丫鬟所言，这书册在魔教流传已久，甚至有数种版本，教中的婢女、侍从几乎人手一本，总之十分畅销。至于有没有流传到江湖上去，大丫鬟可就不知道了。

赵剑归向大丫鬟要了这本书册，回去仔细翻看，觉得整个人受到了极大的冲击。

这书册里面写的都是什么东西啊！简直就是一派胡言，颠倒是非！

譬如他手中的这一本册子，写的是一个侠客为保正道太平而入魔教，机缘巧合之下成了魔头的厨子，从此便玩物丧志，整日在厨房研究各种食材，煮了花样百出的食物喂与那魔头吃，俨然要成为一个厨艺大师，哪还记得什么正道安危。

赵剑归实在看不下去了，将那书册拿在手中，准备去找玉仙儿算账。

他一个堂堂剑客，正道之光一般的存在，怎会弃武从厨，围着灶台打转？胡编乱造也得有个限度，这未免太离谱了些！

可他才出门，便撞见了来寻他的季寒。

"赵剑归，我忽而想起一事。"季寒道，"这几日教中琐事太多，我竟忘记带你去见那两个寒鸦刺客了。"

赵剑归才看过那种奇怪的书册，突然见到季寒，不由得觉得十分尴尬。他又想起那本奇怪的小册子还抓在自己手中，若是被季寒看见就不好了，便想悄悄把书册塞入怀中。

为了转移季寒的注意力，他一面藏书，一面不动声色地与季寒交谈："那我们走吧。"

季寒问："你手中拿的是什么？"

赵剑归道："没有什么……"

季寒冷眼看他："浩然盟又给了你什么东西？"

赵剑归说："这真不是……"

话音未落，季寒已伸手来抢。赵剑归侧身避让，两人转眼在屋内过招了几个回合。赵剑归心中焦急，只觉得这东西绝对不能落入季寒手中，不料他这么一想，那书册忽然脱手而出，从季寒眼前飞过。

那书"哗啦啦"在半空中翻过数页，赵剑归心道不好，习武之人耳聪目明，这匆匆一瞥，季寒只怕什么都看见了。不过，他记得那书册后面的情节远比前面离谱，至少不能让季寒看到后面的内容。

他伸手抢夺书册，恰好季寒也伸手来夺，书册"刺啦"一声被扯成了两半。他连忙低头去看，脑内"嗡"的一声响，他觉得自己这辈子完了。

他手中拿着的是书册前半段。

季寒低头迅速翻了数页，脸色越发阴沉，最后将那半本书册往赵剑归怀中一丢，怒声道："武林盟都教你什么东西！"

赵剑归："……"

季寒道："亏你们自诩名门正派，这编派的都是什么玩意儿！本座何曾需要别人喂食了？又何曾只吃得下赵大侠做的饭菜，还被喂胖几十斤了？"

赵剑归说："对不起……不是我……我没有……"

季寒在屋内走了几圈，似是想骂，可良好的教养让他实在骂不出口，最终他只是将半本书册重新抢回去，而后狠狠丢在地上，冷着脸走了。

赵剑归头痛不已，唉声叹气，蹲下身将那半本册子捡起来。

这书册被季寒丢在地上，恰好翻到了最后几页。先前赵剑归并未翻到最后一页，如今他一看，忽而便明白了季寒如此生气的原因。

这一页赫然写着作者的名字：武林盟笑笑生。

赵剑归："……"

赵剑归攥紧了拳头。

该死的玉仙儿，他一定要将这个"笑笑生"千刀万剐！

20

赵剑归满腹怒气，提剑冲到了卫旗的飞鹰堂，而后被守卫拦在了门外。

他如今的身份只是教主的小随侍，再也不是当初那个谁也不敢拦的赵大侠了，守卫们不认识他，自然不会轻易放他进去，他只好硬着头皮说是教主让他来寻卫旗的。

不料那守卫却笑了笑，道："你来迟了。"

赵剑归一怔，反问："我来迟了？"

"方才教主已派人来过了。"守卫说道，"卫堂主早就随人过去了。"

赵剑归说："教主叫走卫堂主，所为何事？"

"还能为什么事，"那守卫说得义正词严，"当然是与卫堂主商议剿灭正道一事了！"

赵剑归："……"

赵剑归心中一痛。

对不起，前辈们，是我害了浩然盟！

21

赵剑归只想立即找到玉仙儿算账，无奈被守卫拦在门外，只好暂时假意离开，实则绕过飞鹰堂的正门，使轻功翻墙进去了。

若他屏息潜伏，只怕连季寒也难以发现他，更何况这些武功平平的小守卫。因而他极顺利地溜进了飞鹰堂，寻到玉仙儿与卫旗的住处，二话不说便闯了进去。

玉仙儿正在屋内奋笔疾书，忽听得房门被人踹开，不由得吓了一跳。抬首去看，见到赵剑归的脸，她不由得一怔，有些犹豫地问："赵大侠？"

赵剑归怒道："玉仙儿，你害死我了！"

玉仙儿身体一抖，下意识便将自己手中的纸页往下藏："赵……赵大侠，我想我们之间一定有什么误会。"

赵剑归当然看到了玉仙儿手上的动作，想也不想就夺过那沓纸，定睛一看，险些将自己气得昏过去。

这与他方才在大丫鬟处看到的内容又不同了。

之前那本书册说的是正道侠士潜入魔教成为厨子，这本显然更加离谱——正道侠士竟潜入魔教成了魔教教主的书童！

他们正道中人还是有几分头脑的，怎么可能做出这种不顾逻辑的事情来！

就季寒那样儿的，整天就知道练剑，像个会搞学习的人吗？！

更何况赵剑归心知玉仙儿所写的那位"正道侠士"正是自己，而他又实在不是一个学富五车的人，不由得更加气恼。

他将那沓纸翻了一遍，再一瞥，便见到最后一页用毛笔书

写了一行大字，正是这本书册的封面标题：戏论第一剑客成为
魔头书童后刻苦学习的励志故事。

赵剑归："……"

赵剑归面无表情地撕碎了玉仙儿的稿纸。

22

玉仙儿显然已知道发生了什么事，不禁咽下一口唾沫，退
到房间的角落。

踌躇片刻，玉仙儿讪讪道："赵大侠，你莫要生气……"

赵剑归冷笑一声。

玉仙儿解释道："那就是个闲时消遣……"

赵剑归说："消遣？"

玉仙儿继续解释道："还……还赚些小钱……"

赵剑归："……"

玉仙儿强词夺理地解释道："里面的第一侠客与大魔头，
绝对不是你与季教主！"

赵剑归："……"

赵剑归默默拔剑。

玉仙儿见赵剑归已拔剑出鞘，吓得往后一窜，尖叫道："我
不写了！我不写了！我再也不写了！"

赵剑归问："你为何要给自己起那个名字？"

玉仙儿一怔，道："名字？"

赵剑归咬牙切齿念道："武林盟笑笑生。"

玉仙儿："……"

玉仙儿往前一扑，恳切地握住了赵剑归的手。

"赵大侠！"玉仙儿声嘶力竭地喊道，"我……我这是身在曹营心在汉，身虽黑暗，心向光明！"

赵剑归："……"

23

赵剑归想，自己好歹是一个正道侠士，是断然不可以因为这点事就杀了玉仙儿的。

加上玉仙儿咬牙发誓绝不会再写这些乱七八糟的东西了，赵剑归只好咽下这口气，逼她立了字据，便打算就此离开，至少先向季寒解释清楚这件事。

不料玉仙儿可怜兮兮地攥住了他的衣摆。

"赵大侠，你先答应我一件事。"玉仙儿声泪俱下，"你千万不要把这件事告诉教主啊！"

赵剑归："……"

若是不把这件事告诉季寒，如何能洗清浩然盟故意编派魔教教主的嫌疑？

玉仙儿想哭："若你告诉了教主，他一定会棒打鸳鸯。"

赵剑归："……"

玉仙儿一副要哭的样子："他会先杀了小卫。"

赵剑归："……"

玉仙儿眼底湿了："再杀了我。"

玉仙儿真的哭了："呜呜呜，我们这对苦命鸳鸯啊。"

赵剑归说："我答应你。"

　　赵剑归想，他终究还是心软，玉仙儿随便一哭他便答应了对方的请求。而他既已答应了替玉仙儿保密这件事，再想同季寒解释清楚可就有些难了。

　　赵剑归硬着头皮走到季寒屋外，正准备去敲门，却见大丫鬟极为尴尬地站在屋外，对他露出了满是歉意的目光。

　　"赵大侠，是我害了你。"大丫鬟低声道，"你千万不要告诉教主那本书是从我这儿搜来的。"

　　赵剑归："……"

　　所以，终归又是他一个人扛下了所有，对吗？

　　赵剑归深吸一口气，推开了季寒的房门。

　　季寒正在屋内与卫旗说话，显然还未消气。赵剑归一推开门，便见季寒恶狠狠地朝他砸来一个茶壶。

　　他心中知晓季寒应当已听见他走来了，本来正准备闪开，忽而又觉得也许这样季寒会更加生气，便站在原地不动，硬生生接了那么一下。

　　季寒用的力道虽大，但砸到他身上时已卸了些力，其实也算不得多疼。

　　见他未躲，季寒一怔，别过头咬着牙道："本座又不曾传你，你过来做什么？"

　　赵剑归道："我是来同你道歉的。"

　　"道歉？"季寒冷笑道，"你何错之有？"

　　赵剑归："……"

　　季寒又摔了一个杯子，怒气冲冲道："错的是你们武林正道。"

　　赵剑归百口莫辩，再一看，卫旗正坐在一旁气定神闲地喝茶，显然是早已知情的，如今却不站出来为他说话，只是笑眯眯地看着他们两人斗气。

赵剑归："……"

他已不知自己还能如何解释了。

"本座不是不讲理的人。"季寒道，"就算那本书册不是浩然盟交给你的，可你为何在看这种东西？就连出门也要将其拿在手里，招摇过市，不知廉耻！"

赵剑归一噎："我……"

这要他如何解释？

若是他解释了，就势必牵扯到大丫鬟与玉仙儿，而他已答应了他们不把他们供出来。

末了，他只能硬着头皮，咬着牙给季寒道歉。

"这都是我的错。"赵剑归说道，"我如今已知道错了。"

季寒只是冷冷地看着他。

"赵剑归。"季寒说道，"你是不是对我们之间的关系有什么误解？"

赵剑归一怔，道："我……"

"不论你怎么想，本座都要告诉你。"季寒一字一句道，"你的猜想错了，我与你绝不可能是和解的关系。"

赵剑归："……"

赵剑归低下头，莫名有些低落："好。"

季寒叫来大丫鬟，让她将赵剑归带走。

他随着大丫鬟转身离开，走到门边时，忽而又听见季寒说了一句话。

"往后若是再听见有人提起此事，"季寒负气地说道，"我定将他抽筋断骨，活剥了他的皮。"

24

　　赵剑归垂头丧气地跟着大丫鬟出了门，只觉得心中说不出的失落，可他并不明白自己为何如此心情低落。

　　走了片刻，大丫鬟忽而回过身，眼泪汪汪地握住了他的手。

　　"赵大侠，没想到您为了保住我们，做出了这么大的牺牲。"大丫鬟十分感动，"这份恩情，我无以为报。"

　　赵剑归："……"

　　赵剑归叹了一口气，正要说话，却见卫旗也出来了。

　　他想起方才那名守卫说，季寒找卫旗是为了商讨攻打正道之事，便忍不住想问问卫旗这究竟是怎么回事。谁知他还未开口，卫旗倒主动与他说话了。

　　"赵大侠，教主方才说的话，你也不必往心里去。"卫旗笑嘻嘻地说道，"不过是年轻人心高气傲，禁不住其他人编派罢了。"

　　赵剑归一怔，问："卫堂主的意思是？"

　　卫旗道："教主将话说得重了点，但他心里并不是那么想的。"

　　"赵大侠，您相信我，教主还是重视您的呀！"大丫鬟也不住点头，"您放心，我们一定会帮您夺回教主信任的！"

　　赵剑归："……"

25

　　赵剑归听闻季寒并未真的想攻打正道，总算松了一口气。

往后几日，他便在大丫鬟的教导下尽心扮演教主侍从这一角色，同时留意教中诸人的关系，试图从中辨出企图暗害季寒的幕后之人。

数日后，他并无所获。但好在季寒终于消了气，带他进了魔教地牢，去见那一日被魔教捕获的史盖与许景莺二人。

距那次寒鸦刺杀已过去了大半年光景，这两人一直被关在魔教地牢。魔教酷刑繁多，两人的精神状态都不算太好，伤痕累累，若不是季寒有意留他们二人性命，只怕他们早已死在魔教地牢内了。

季寒令人审讯二人，自己则与赵剑归坐在一边旁听。

这些问题显然已问过很多次了，许景莺麻木地一句句回答着，而史盖眼尖，一眼看见了季寒身边的赵剑归，倒是一怔，忍不住露出些古怪笑意，道："想不到魔教教主还是一个性情中人。"

季寒闻言，怔了怔，不由得挑眉看他，问："你这话是什么意思？"

赵剑归心中"咯噔"一响，只觉得不好。

史盖说："教主身边的这位侍从长得真像某位正派大侠。"

史盖话音未落，赵剑归便发觉季寒已看向了自己，只好干笑几声。而季寒见他发笑，似乎更不开心了，扭头冷冷地与史盖道："不必废话……"

史盖立即打断他的话，说："季教主，被人欺瞒的滋味不好受吧？"

季寒愠怒道："你闭嘴！"

史盖笑嘻嘻道："可惜你们二人正邪相对，我想那位大侠只顾他心中的道，是必定不会来找你的。"

季寒更怒了，道："你再胡言乱语，本座撕了你的嘴！"

赵剑归心道不好，此时季寒越是发怒，别人就越会觉得史盖的猜测没错。眼见那几名狱卒面面相觑，神色已有些不对了，赵剑归急忙扯了扯季寒的衣袖，生怕季寒因此暴怒打伤史盖。

季寒被他拉住，又瞪了他一眼，气得扭头便往外走。

赵剑归紧跟着季寒的脚步，二人一同走到外面，季寒忽而开口骂道："都是因为你！"

赵剑归不由得一怔："什么？"

季寒咬牙切齿道："本座的脸面算是丢尽了。"

全江湖都知道他曾被赵剑归欺瞒，险些钻进人家设好的圈套了！

赵剑归："……"

赵剑归不知该如何出言安慰，甚至觉得自己心中略有欣喜——季寒如此做派，看着像生气，实则是原谅他当日的欺骗了。

若季寒记恨他当初的算计，此刻该将他杀了泄愤才对。

他轻笑一声，低声同季寒道："我看从他们口中是问不出什么线索了，你接下来打算怎么办？"

季寒深吸几口气，总算平定心神，答道："纵虎归山。"

赵剑归微微蹙眉："你是想……"

"不是说只有寒鸦首领知晓雇主的身份吗？"季寒道，"那我们就找到寒鸦首领，向他问个明白。"

赵剑归说："可你要知道，江湖至今未有人知晓寒鸦首领的身份。"

"此前江湖上也从未有人击溃寒鸦的三大高手，但他们依旧被打败了。"季寒道，"今夜有出好戏，不知赵大侠想不想看？"

赵剑归心中明了，也微微笑了笑，道："教主盛邀，赵某自当赴约。"

26

赵剑归随季寒返回书房，方踏进院中，便见孙、于二位长老咋咋呼呼地跑来求见教主。

他们二人满面喜色，季寒见着他们这副模样便害怕，硬着头皮请二人进来，问："二位长老有何事要找本座？"

孙长老道："教主，大喜事！"

于长老不住地点头："老朽给教主备了一份大礼！"

孙长老道："教主一定会喜欢！"

季寒道："这就不必……"

可两位长老显然并不打算给季寒说话的机会，只见孙长老一拍巴掌，外面立即有人抬进来一个极大的箱子，上头还七弯八绕地系了几圈红绸带，显得十分隆重。

赵剑归看着好奇，心里嘀咕：这么大个箱子，塞一个活人都绰绰有余了，也不知他们送给季寒的究竟是什么东西。

他不过是这么一想，谁知孙长老扯掉了红绸带，于长老将箱子盖一掀，里面居然真的爬出一个活人来。

那是一个年轻女子，看起来不过二十岁，走路时步履略显轻浮，不大像习武之人，着一身白衣。赵剑归正觉得那身衣服有些眼熟，下一刻那个美人便抬起头来，一双美眸含春带水，轻声唤道："见过教主。"

赵剑归吓得一抖，季寒则险些将一口茶水喷出去。

这人是女子，脸却与赵剑归至少有七分相似，赵剑归几乎要怀疑此人是不是自己遗失在外的同胞妹妹了。

可这美人脸上露出的是赵剑归脸上绝不会出现的柔情蜜意，赵剑归看着这张与自己如此相似的面容上出现这种表情，不由得毛骨悚然，觉得十分古怪。

季寒冷声问："这是什么意思？"

孙长老满脸堆笑，道："教主，这可是我与老于花了重金才寻回来的美人。"

季寒脸色阴沉。

孙长老道："她叫美美。"

季寒："……"

赵剑归："……"

孙、于二人好歹是魔教的长老，季寒如今根基不稳，还需倚仗他们手中的权势，是万万不可与他们翻脸的。

他心中有再多的愤怒与不满，都只能强压下去，咬着牙好声好气地问他们："二位长老这是要做什么？"

孙长老笑道："教主，美美善解人意，冰雪聪明，您公务上若有什么烦恼，可向她倾诉一二啊。"

季寒闻言，更加不悦，冷声道："孙长老的意思，是要让外人插手我教公务？"

"教主，是老夫考虑不周！"孙长老急忙说道，"老夫这就将人送走！"

季寒的脸色终于好看了一些，点头道："本座乏了，二位长老若无要事……"

孙长老连忙点头："教主，那老夫就先告退了。"

说完，他拉着于长老匆匆离去。

季寒待人走远了才转过身来，气得咬牙切齿，看向赵剑归，说："是谁让你易容成这副模样的？"

赵剑归："……"

他不由得想，若季寒知道这是花护法的主意，那只怕花护法是没有好果子吃了。而自己却不同，季寒应当是不会对他怎么样的，再说了，季寒也打不过他……思及此，他决定不把花护法供出来。

赵剑归硬着头皮道："是我自己乐意的。"

季寒："……"

孙长老与于长老走出院子，眼见四下无人，于长老忍不住

又嘟囔了起来："老孙，教主不肯收下这礼物，你我该怎么办才好？"

"年轻人嘛。"孙长老捋着胡子露出笑容，"都是口是心非要面子的。"

于长老不解。

"当时有那么多人在场，教主若是收下了，岂不是等于承认自己是贪恋美色之人吗？"孙长老道，"教主好歹是一教之主，那多丢人啊！"

于长老隐隐有些懂了。

孙长老压低声音道："这种事啊，得偷偷地来。"

于长老疑惑道："你的意思是？"

孙长老拍他一掌："教主不是说他乏了吗？这是暗示啊！"

于长老恍然大悟。

"老孙，我懂了。"于长老激动地握住了孙长老的手，"我这就将那美人洗干净，送到教主房中去！"

29

赵剑归如今是季寒的随侍，若是季寒不高兴了，那简直有一百种折腾他的办法。

他被季寒使唤着端茶递水，好容易到了晚上，他还记得季寒说要请他看一出好戏，正想着要如何询问，便见季寒朝他招了招手。

季寒余气未消，语气稍显冷淡："赵剑归，随本座走一趟？"

赵剑归欣然应允。

其实赵剑归大约猜到了季寒要干什么，季寒说要纵虎归山，那便是要假意放史盖与许景莺走。二人逃出魔教，很有可能会回去找寒鸦首领，只要他们能跟上，不怕查不出寒鸦首领究竟是什么人。

于是赵剑归同季寒换了夜行衣，摸到地牢外的隐蔽处候着。

过了一会儿，他仍有些疑惑，不免去问："你怎知他们一定会去找寒鸦首领？"

季寒答："我不知。"

赵剑归说："那你……"

季寒道："可寒鸦首领一定会来找他们。"

依照寒鸦的规矩，任务失败者必死无疑。史盖与许景莺刺杀季寒失手被捕，就算他们能顺利逃出魔教，也逃不过寒鸦的追杀，他们是必定要死的。

"寒鸦的三大高手均折在此处，我想寒鸦首领应当已无人可用了。"季寒说道，"他若还想杀我，便只能亲自动手。"

关于寒鸦首领的武功，赵剑归也略有耳闻。

当年寒鸦接下委托，要暗杀一位西域富商，谁知中途走漏了风声，富商重金请了江湖排名前十的高手来坐镇。彼时许景莺还未叛出峨眉，拐子孙也尚未加入寒鸦，三大高手中仅有史盖一人归属寒鸦，寒鸦首领便只能亲自出马，完成了这个委托任务。

赵剑归与那几位高手相识，事后也向他们问过寒鸦首领的深浅，他们均说此人是难得一见的高手，武功路数奇诡，实在不好对付。

如今寒鸦三大高手受挫，寒鸦首领为了完成暗杀季寒，亲自出手倒也正常。

"他们心知自己会死，而这世间不是每个人都不怕死的。"季寒冷笑一声，慢悠悠地说道，"那个姓史的刺客，显然很想要活下来。"

赵剑归一怔，道："你该不会与他……"

季寒点头。

"我已和他达成约定。"季寒说道，"我放他离开此处，而他则会带我们找到寒鸦首领。"

赵剑归问："然后你要保护他？"

季寒并不回答，而是突然压低了身体，目光灼灼地盯住了地牢出口。

"他们出来了。"

30

季寒为了这一日的计划，已在数月前暂缓了对二人的审讯，好令他们身上的伤恢复。可就算如此，史盖与许景莺仍是伤得不轻，只能勉强相互搀扶着从密道摸出地牢。

许景莺在外面喘了几口气后，忽而开口问："你是如何知道此处有密道的？"

史盖朝她眨了眨眼，道："你可知那人对魔教地形了如指掌？"

许景莺挑眉道："当时他好像与公子说过。"

"不仅如此，我们潜入魔教时，走的也是他准备好的路。"史盖笑吟吟地说道，"以我与公子的关系，要到这份地图，实在不是什么难事。"

许景莺不由得白他一眼，骂道："臭不要脸。"

赵剑归一怔，不由得侧头去看自己身边的季寒。

赵剑归听史盖与许景莺二人的交谈，似乎史盖与寒鸦首领关系不浅。若真是如此，寒鸦首领真的会因为史盖刺杀失败就杀了他吗？

赵剑归觉得季寒的这个计划有极大的漏洞，只是此刻史盖同许景莺距他们太近，他不敢发出声响，便只好碰了碰季寒的手，希望季寒能够注意到二人说的话。

季寒倒丝毫不显得慌乱，反而朝赵剑归点了点头，像是要他安心。

赵剑归只好将视线收回来，他想了想这两人的对话，又注意到一件事：史盖说那人对魔教地形了如指掌，那人？什么人？难道是委托寒鸦刺杀殷不惑与季寒的幕后之人？

对魔教地形了如指掌，看来这人与魔教关系匪浅，很有可能就是魔教中人。

史盖与许景莺已再次行动，避开守卫往山下走去。赵剑归同季寒紧随在后，他们二人轻功极高，并不担心史盖与许景莺会发现他们。如此一路出了魔教，史盖与许景莺忽然停下脚步，像要在此休整。

赵剑归正好趁此机会向季寒说明方才自己发现的那件事，而季寒静静听他说完，却只是说道："若果真如此，那寒鸦首领是必定会来此处了。"

赵剑归皱眉反问："你就不怕史盖临阵倒戈，反咬你一口？"

季寒正要说话，那边史盖与许景莺已再次行动了，他便闭嘴不言，起身跟上。赵剑归只好也跟上，与他一同行动。

夜色将尽，天边隐隐透出鱼肚白时，史盖与许景莺终于再度停下了脚步。

密林中，已有一人在等候他们。

那是一个约莫三十岁的青年，裹了一身黑衣，将自己浑身上下包得严严实实，让人看不见他的面容。他似乎在此处等待许久，见史盖与许景莺前来，他回过身说道："我收到消息后便在此处等候，你们却来迟了。"

许景莺不由得惊讶，转而看向史盖，道："你什么时候同公子联系过？"

季寒与赵剑归对视一眼，他们的猜测显然不错，寒鸦首领果然亲自来了。

史盖干笑一声，道："我……"

他还未来得及说完，便见寒鸦首领已抬起了手。

"动手。"寒鸦首领冷冷说道，"杀了季寒。"

赵剑归不由得一惊，四下望去，方见密林暗处隐蔽了不少寒鸦好手。

他们本就靠着暗杀吃饭，隐蔽手段实在了得，就连赵剑归也丝毫未曾发觉有人埋伏在此。而这恰好证实了他的猜测——史盖本就无意投靠他们，不过是想借此机会将季寒引出魔教，再一举击杀罢了。

赵剑归难免有些紧张，他侧眸看去，季寒倒极为平静，像是难掩兴奋一般，低语与他道："当世两大剑客在此并肩作战，难道还需要怕那些只会隐在暗处的宵小吗？"

赵剑归不由得微微皱眉，道："你莫要自傲。"

"自傲？"季寒道，"若一个人有足够的实力，自夸便不叫自傲。"

他冷冷地看着距他最近的那名寒鸦杀手，缓缓地将手按在了腰间剑鞘上，一字一句道："而叫自谦。"

31

寒鸦首领显然未料到尾随史盖与许景莺的人除了季寒，还有赵剑归。

季寒说得没错，赵剑归是江湖第一剑客，而他的剑术也不输于赵剑归，二人联手，这江湖上实在鲜有人是他们的对手。

虾兵蟹将他们并不放在眼里，史盖与许景莺身受重伤，也不是他们二人的对手，剩下一个寒鸦首领，虽武功极高，可对上他二人联手，便也有些不够看了。

季寒将寒鸦首领打伤，随即抬手发了信号箭，赵剑归方才明白过来，问："你留了人在附近？"

季寒并不回答他，而是伸手扯下了寒鸦首领用于遮挡面容的黑巾。

那不过是一个普通人的面容，因受了内伤，唇边均是血迹。

寒鸦首领咬牙切齿地盯着季寒，季寒便也冷冷地回望他，道："从今往后，寒鸦首领的身份便不是一个谜了。"

史盖也受了伤倒在树下，喘了几口气，这才指着赵剑归道："你……你是赵剑归！"

赵剑归轻咳一声，正欲言语，史盖却喃喃打断了他的话。

"我原以为那季魔头恨你入骨。"史盖说道，"没想到你们早已勠力同心！"

许景莺鼓足了劲怒叫："你们这些臭男人，真会做戏骗人！"

史盖懊恼道："是我失算了！"

赵剑归："……"

季寒："……"

卫旗显然就守在附近，他收到季寒的消息后，便立即带人来了此处。

赵剑归也隐隐明白过来，季寒从一开始便不相信史盖，史盖借此机会引季寒出魔教，季寒反而仗着赵剑归在身边相助，将计就计，生擒了寒鸦首领。

赵剑归不由得去想，看来季寒还是信任他的。

能被季寒依仗、信任，他忍不住开心起来。

赵剑归帮卫旗收拾了其余人，才扭头去看季寒如何审问寒鸦首领。

卫旗已将人捆好了，还防着此人自尽，仔细搜寻了一圈，确保万无一失后，方将人送到季寒面前。

季寒上下打量着寒鸦首领，而后开门见山与他说："你知道我想问什么。"

那人并不理会季寒的话，只是嗤笑。

季寒便跟着他笑了笑，道："你是寒鸦首领，应当比我要清楚，这世上有多少种令人生不如死的刑罚。"

寒鸦首领却看着赵剑归，说："他是赵剑归。"

赵剑归一头雾水。

"什么时候正反两派已勾结至此了？"寒鸦首领道，"怎么，赵大侠，你要看着这魔头对我严刑拷打而见死不救吗？"

赵剑归一怔，继而觉得季寒应当是下不去这个手的，不过是恐吓这人几句，想从这人口中套些话出来罢了，便皱着眉不言语。

"亏江湖人还称你是'侠义之剑'。"寒鸦首领嗤笑，"谁知私底下竟与魔教勾结。"

他话音未落，季寒已朝卫旗招了招手。季寒接过卫旗递来的一把匕首，二话不说扎在了对方的腿上。

寒鸦首领不由得惨叫一声，腿上鲜血直流。

季寒松了手，还朝他笑了笑，说："你是本座的阶下囚，与赵剑归又有什么关系？"

寒鸦首领咬牙切齿道："你们二人……我看你们二人沆瀣一气！怎么，赵大侠也甘愿做魔头的走狗了？"

季寒屈指弹了弹匕首——之前他将匕首刺得极深，此时稍一动作，寒鸦首领便感到钻心彻骨的疼痛。他见寒鸦首领抽了几口凉气，不由得微微皱眉，而后重新握住匕首，轻轻旋转半圈，才将匕首抽了出来。

"论刑罚，本座是外行，但我教中专设了一处刑堂，那可不是摆设。"季寒擦尽匕首上的血迹，丢到卫旗怀中，道，"卫旗，给他止血，在他交代清楚之前，别把人弄死了。"

卫旗便封了寒鸦首领的穴道止血，又拿了伤药替对方包扎。

赵剑归站在一旁，已被季寒的几句话弄蒙了，未曾想到季寒会真的动手。

此前他一直无法将魔教魔头的身份与季寒联系起来，如今看到了，他只觉如鲠在喉，又觉得以他的立场是该阻止季寒的。

可他又说不出口，这些人三番五次想要杀了季寒，季寒这么做似乎并无不妥，哪怕是浩然盟审问犯人，也难免要用上一些刑罚，更何况是魔教？

他看寒鸦首领好像也是个铮铮铁骨的汉子，短时间内怕是难以问出什么，待真问出线索，这人怕是也要废了。

他又想起自己动身前往魔教时，盟主同他说的那些话。

若是季寒变得同前几位魔教教主一般暴虐无道，只怕正道迟早会对季寒下手。

他皱起眉，明白自己绝不能放任季寒瞎闹。

赵剑归满心忧虑，无意中看了史盖一眼，忽而心生一计。

他扯了扯季寒的衣袖，未多想便凑到季寒耳边，低声道："不必那么麻烦，先让我试一试。"

他好像靠得太近了，季寒一瞬间退后数步，这才扭头道："你去便是。"

赵剑归便笑了笑，而后转头看向史盖。

此时赵剑归已变了神色，冷冷地与卫旗说道："卫堂主，将此人也一并捉回去，关在他家公子对面的牢房吧。"

卫旗一怔，应允道："是。"

"还要劳烦卫堂主一件事。"赵剑归又道，"你划这寒鸦首领一刀，便划史盖两刀。"

史盖："……"

"早说早解脱，说了才好放你们走，你们怎么就不明白这个道理呢。"赵剑归叹一口气，道，"其他地方也不必动手，全划他脸上便好。"

史盖："……"

赵剑归又一顿，道："我又想了想，也别回去再审了，我们就在这里动手吧。"

卫旗显然已经蒙了，不知自己到底该不该听赵剑归的话。

赵剑归见卫旗不动，便拔了剑，口中念念叨叨："季寒方才已扎了你家公子一刀，那我该在你脸上划两刀了……"

史盖惨叫："别别别！别划脸！"

寒鸦首领："……"

赵剑归举起剑。

寒鸦首领道："赵剑归，我原以为你是侠义之士！你有本事冲我动手！"

赵剑归充耳不闻。

他已将剑尖抵到了史盖的脸上，一面思索一面笑道："要划两下呢，也许还能刻出一朵花儿。"

史盖喊道："公子救我啊！"

赵剑归说："你放心，我出剑快，不疼的。"

寒鸦首领咬牙切齿道："住手！我说！"

赵剑归立即收了手，问："是谁让你动手暗杀季寒的？"

季寒："……"

许景莺捂着伤口恨恨骂道："史盖，你这个废物！公子，你偏心！"

赵剑归："……"

32

依寒鸦首领所言，委托他们刺杀季寒的那个人，每次与他们见面时都是不同的模样。

他们甚至不知对方是男是女，只知道此人对魔教甚为熟悉，应当原是魔教中人。

季寒问："他上一次联系你们，是在什么时候？"

寒鸦首领道："大约半个月前吧。"

季寒道："他要你们做什么？"

寒鸦首领道："他要我们帮他看管一个人。"

那人要寒鸦首领帮忙看管的人，是白苍山一役中失踪的温长老。

在魔教山城下将奄奄一息的温长老交给寒鸦首领后，那人便不知去了何处，已有半月不见人影了。

那地方离此处不算太远，季寒便令人捆了寒鸦首领等人，打算去将温长老抓回来。

寒鸦首领咬着牙问："你要我说的，我都已经说了，你该放我们走了吧？"

季寒神情古怪地看他一眼，反问："本座何时答应放你们走了？"

寒鸦首领："……"

"你既是寒鸦首领，想必知道江湖上不少秘密。"季寒道，"本座总要给你个机会，让你物尽其用才是。"

寒鸦首领急匆匆说道："方才赵剑归说——"

季寒打断了他的话。

"抓你的人是我，不是他。"季寒说道，"他答应你的话，在我这里不作数的。"

寒鸦首领也没有其他办法了，最终只能恨恨地骂："季寒，没想到你是一个言而无信、表里不一的小人！"

季寒冷冷回敬："你见过哪个魔头言而有信、表里如一了？"

赵剑归看着寒鸦首领与史盖等人被拖走，莫名觉得心里有些不是滋味。他答应了寒鸦首领会放他们走，如今看起来倒像是自己食言了一般。

可他刚要开口劝说季寒，季寒就已抢先打断了他。

"他们要杀我，我这么做并不过分。"季寒说道，"你莫要说我变了，这世上想害我的有千万人，我若不心狠一些，只怕早已连骨头渣子都不剩了。"

赵剑归细想一番，觉得季寒说得也没错。

江湖反派本就是一群无恶不作的恶徒，魔教在反派中势力最为庞大，故而这些人愿意奉魔教为首。可正因如此，想取而代之的人怕有千万，那可是一群虎狼之徒，能镇住他们的，也只有比他们更加心狠手辣的虎狼。

赵剑归可从未听说有哪位魔教教主心慈手软的，像季寒这般只会龇牙的猫儿，在魔教历任教主中已算得上是另类了，若再不心狠一些，或许真的会被人赶下台去。

可赵剑归又想，季寒还是有些不同的——教中有卫旗、花护法等人诚心敬他，山下教众的家眷也很喜欢他，这可不是靠着心狠手辣能夺来的。

更何况，季寒身边还有他。

赵剑归想了想，上前一步，鼓足勇气抓住了季寒的衣袖。

"季教主。"他低声说道，"当世两大剑客在此并肩作战，难道还需要怕那些只会隐在暗处的宵小吗？"

33

赵剑归见季寒十分惊讶地望着他，仿佛听见了什么不可思议的话。

他以为季寒会感动的，可季寒只是轻轻推开了他的手，眸中情绪复杂。

末了，季寒轻声道："你莫要忘了，你我正邪相对，你总归是要走的。"

他说完这句话，便不再继续同赵剑归言语，也不去顾及周围众人的目光，直接转过身，大步走了出去。

赵剑归在原地怔了片刻，脑中浮现的竟是数日前他离开论剑峰时，浩然盟前辈与他说的那些话。

他问老盟主正邪是否难免一战，老盟主却说，这一切需要看他如何去做。那时他尚不知道老盟主的这句话究竟是什么意思，但此刻他已隐隐明白了。

正邪相争必定伤亡惨重，白苍山一役后，想必老盟主已深知这一点。若季寒维持现状不去攻打浩然盟，赵剑归想，浩然盟也定然不会去动魔教。

他若留在季寒身边，就能见招拆招，约束季寒的举动，而另一方面，只要有他在魔教，那么有胆子暗害季寒的人应该也会少一些。

卫旗经过赵剑归身边时，见赵剑归神情严肃，不由得伸出手拍了拍他的肩，安慰道："赵大侠，教主只是有些心口不一。我想你方才那么与他说，他心里一定已经开心死了。"

卫旗刚说完这句话，便听见季寒的声音自前方传来。

"卫旗。"季寒冷冷地说道，"你想试试断舌是什么滋味吗？"

卫旗咳嗽一声，急忙追上季寒的步伐。

赵剑归站在原地，看着季寒负剑而去的身影，暗暗地在心中打定了主意。

他希望季寒一直是原来那个季寒，外壳冷硬，内心柔软。

他不会让季寒变成像前任教主们那样多疑心狠、刚愎自用的魔头。

34

那个幕后之人将温长老押在城外的一间破屋内，请了寒鸦的人看守。守卫的武功不算太高，季寒等人毫不费力地闯进去，果真在屋内见到了失踪已久的温长老。

眼下温长老昏迷未醒，卫旗上去试了试气息，又给他把了脉，发现他只是中了软骨散。

当初赵剑归被温长老喂了不少软骨散，知道这东西并不会伤及生命，不过是封住内劲，令其身体虚弱，不及常人罢了。如今温长老中了自己制的毒，倒有些自食其果的意味。

卫旗去院中打了一盆井水，将温长老泼醒后，故意摆出一副落井下石的恶霸模样，道："温长老，你可还记得我们是谁？"

温长老许久才回过神来，他先看了看卫旗，有些惊讶，再将目光转到季寒身上，吓得险些从床上滚下来，瑟瑟发抖地求饶："教主饶命，教主饶命啊！"

他口中念叨着旁人听不懂的话，似乎有些意识不清。无论卫旗如何询问，他仍是这副样子，看来一时半刻是难以从他口中问出线索了。

季寒无奈，只好让卫旗先将温长老带回去，打算就此打道回府。

赵剑归倒忍不住在屋内转了转。

这间屋子的布置简单朴素，并未置办多少物件，想来那人已将重要东西带走了。赵剑归往左右看了看，忽然在隐秘的角落里看到了极为眼熟的物件——一双鹿皮手套。

赵剑归数日前才在花护法处见过相似的东西，不过这绝不是花护法的手套，因为它要显得更为老旧一些，款式也不大一样，

尺寸还大上许多，而花护法的手绝没有这么大。赵剑归弯腰将鹿皮手套捡起来，凑到鼻尖仔细嗅了嗅，便闻到一股熟悉的刺鼻气味。

赵剑归不由得皱起眉来。

35

赵剑归压下满心怀疑，跟随季寒返回了魔教。

他们出教时是深夜，如今已是正午了，折腾了一夜未睡，众人皆有些乏困，连季寒都打算先小睡片刻。唯有赵剑归想着，回了魔教后要先去找花护法问些事情，因而十分清醒。

赵剑归随季寒到了他的卧房外，此处尚有数名婢女，赵剑归也还记得自己的随侍身份，便与他说："教主，属下有些私事……"

季寒看他一眼，问："什么事？"

赵剑归犹豫道："我……"

他要去问花护法的是隐秘之事，此处人多口杂，他总不好直白地说出来，便语焉不详地说："属下有些要事要问花护法……"

季寒本只是随口一问，可越看越觉得赵剑归的举动可疑，有什么事是不能在他面前说的，便忍不住皱眉，道："现在不许去。"

赵剑归一怔，反问："为什么？"

季寒瞪他一眼，道："本座是教主，本座不许你去，你就不许去。"

赵剑归说："可是我……"

季寒已经转身推开了卧房的门，赵剑归想也不想就快步追上，在他身后喊道："我真有要事找花护法！"

季寒已走进了门里，闻言想了想，忽然一把扯过赵剑归的胳膊，将人拉进门内，又将房门一关，高声道："不许！"

赵剑归说："你怎么不讲道理！"

季寒生气了，顺手便将赵剑归一推，道："我就是不讲道理！"

赵剑归未曾想到季寒会推自己，一个趔趄到了床边。他隐约觉得有哪儿不对劲，扭头一看，却见床上躺着一个面容极为熟悉的人，那人正含情脉脉地看着他。

赵剑归吓得倒退数步，将季寒撞得险些摔倒。季寒被他吓了一跳，怒气冲冲地问道："你干什么？"

赵剑归没有说话，只是抬起手指了指床上的人。

季寒顺着他的手，朝床上看去。

只见孙长老送来的那个美人正裹着锦被坐在床头，露出白皙香肩，柔情似水地看着季寒，软声道："教主，人家等你一夜了。"

季寒："……"

赵剑归："……"

季寒将赵剑归拖出门外，强压惊恐问道："她为什么会在这里？"

赵剑归也一脸茫然，说："我怎么知道！"

两人沉默了片刻，季寒又惊恐地问道："现在该怎么办？"

赵剑归说："我也不知道啊！"

季寒犹豫片刻，说："要不我换间屋子睡吧。"

赵剑归说："她要是一直赖着不走怎么办？"

季寒："……"

赵剑归说："她是孙长老的人，你应该不能对她动粗吧？"

季寒："……"

这日恰是大丫鬟值守，她见季寒与赵剑归二人在外嘀咕，便凑上来听了听，终于弄清了事情始末。

她拉住了赵剑归的手。

"赵大侠。"大丫鬟说，"我报恩的时候到了。"

赵剑归说："啊？"

下一秒，大丫鬟一脚踹开房门，以气冲霄汉的气魄叉着腰朝内大喊道："你这人还要不要脸了？"

屋内的美人尚未反应过来，大丫鬟已连珠炮般骂了下去。

那人的脸色渐渐变了，眼中有愤恨的情绪一闪而过，但令人吃惊的是，她好似并没有生气，反而在大丫鬟骂完之后更加柔情蜜意了，还一脸娇羞地同大丫鬟说："姐姐，我的衣服在桌上，能帮我把衣服递过来吗？"

大丫鬟："……"

赵剑归说："她没穿衣服？！"

季寒后退一步，低吼道："待会儿让人把被子换了！"

美人抱着被子坐在床头，露出消瘦的肩与一截手臂，看着的确是未着衣衫的。

赵剑归忍不住便将目光投向那人的手上，这是他行走江湖多年来的习惯，有时从一个人的手便可判断其人修的是何种武功。可他忘了那日初见时，这美人步履虚浮，应该是一个不会武功的人，而她现在连衣服都不曾穿，再多看几眼，怕是季寒要生气了。

赵剑归见美人的手指消瘦修长，肤色白皙，指尖却像被什么熏黄了一般，便忍不住出言询问："你的手怎么了？"

美人眨一眨眼，轻声笑道："若你同我一般有抽烟杆的习惯，你的手也会变成这样。"

说罢，她又看一眼季寒，软声道："教主是不是不喜欢女子抽烟杆？那人家今日便改。"

季寒："……"

赵剑归："……"

赵剑归深吸两口气，正想说点什么，不料那美人看了看他，小心翼翼地询问："你是教主的什么人啊？"

见赵剑归并未回答，美人不再多言，施施然更衣起身，也不在意屋内还有数人在场。

她走到赵剑归身边时，脚步一顿，忽然声音极轻地向赵剑归挑衅。

"你以为教主重视你吗？"她轻声说道，"你不过和我一样，是一个可怜的替身罢了。"

赵剑归："……"

赵剑归不想说话。

大丫鬟听见了。

她是真心真意希望教主和赵大侠能情同手足的，这挑衅太

过无耻，她气得发抖，实在忍不下这口气，想也不想便扯住了那个美人的胳膊，道："我们教主与赵大侠肝胆相照，如兄如弟！"

季寒："……"

大丫鬟说："他们不会任由你挑拨离间的！"

美人嗤笑一声，扭着腰走到季寒身边，一只手搂上了季寒的胳膊，甜腻腻地唤道："教主……"

赵剑归不忍再看，以手捂脸，余光却瞥见寒光一闪。

他心中登时一惊，再定睛去看，只见那人手持一把短刀，直直朝季寒肋下刺去。

因这美人怎么看也不像会武功的样子，季寒便未设防。此时她骤然偷袭，季寒就算躲闪也要慢上一拍。

赵剑归来不及多想，脱手将剑掷出，砸在了美人手上。

季寒扭开美人的手，急退数步。饶是如此，他还是被那短刀划伤了，鲜血霎时间浸湿衣衫。他以手捂着自己的腰侧，还未回过神来，美人已再度扑了上来。

她武功凌厉，没了半点之前柔情蜜意的样子，招招想要季寒的性命，功力深浅绝对足以排入江湖前三，竟是难得一见的高手。

若是只有季寒一人在此，也许真会中了她的招。

好在有赵剑归在。

赵剑归想也不想，提剑挡下那人。

季寒从旁攻上，二人配合默契无间，不像两个人，倒像一柄剑，令那人节节败退。

美人退至墙边，肩头已中了季寒一剑，皱眉望向赵剑归，眼中尽是茫然不解。

"你是何人？"她问，"赵剑归？"

美人说这句话时语气终于正常了许多，听起来该是一个三十余岁的男子，想必这才是此人本来的声音。

赵剑归答："是我。"他心中不平，略略一顿，便又皱着眉补上一句，"你方才说错了，我不是什么替身。"

季寒："……"

赵剑归与季寒联手，这江湖上根本没有几个人能赢过他们。

他们将此人打伤，又把花护法请来，想法子取下了此人的人皮面具。

人皮面具被撕开之后，此人露出一张三四十岁的人的脸来，竟是一个中年男人。

大丫鬟原本情绪激动，恨不得出院子跑上几圈，待看到这人的模样，反而冷静下来，嘴里嘟囔着："这么大年纪了，居然还假扮女人！真不知羞！"

卫旗笑着答道："你不知道吧，英雄难过美人关，男人在床上是最不设防的。"

大丫鬟："……"

花护法也凑上来看了看，蓦地一怔，开口唤道："严师叔？"

赵剑归说："你们认识他？"

"当然认识。"季寒皱着眉，看向那人道，"严伯父，许久未见了。"

"我义父有师兄弟数人。"季寒道，"想来严伯父觉得这教主之位该是属于自己的。"

赵剑归点头："这么想的人，怕不在少数。"

此刻他正与季寒坐在院内亭中，享用美酒，对月闲谈。

"可我不明白。"季寒低声道，"这教主之位，真的有那么好吗？"

赵剑归侧目看他，道："你这话若是传出去，又有许多人要心生不平了。"

季寒叹了一口气，又问："你是不是该回去了？"

赵剑归不语。

浩然盟令他来保护季寒，如今寒鸦已除，幕后之人也已落网，他的确该回去同盟主回报此事了。

季寒喃喃自语："你是该回去了。"

二人沉默不言，直到大丫鬟过来送菜，季寒才终于朝赵剑归笑了笑，将杯中斟满，道："那本座就不多加挽留了。"

他正欲仰头一饮而尽，赵剑归忽而一把按住了他的手。

赵剑归说："你有伤在身，莫要饮酒。"

季寒一顿，却见大丫鬟也对他点头，甚至主动为他倒好了一杯茶，放在他面前。

季寒忍不住嘟囔："自我遇见了你，便天天都在受伤。"

赵剑归大笑，也将酒斟满了，与季寒手中的茶盏轻轻一碰，看着季寒低声道："江湖路远。"

季寒以茶代酒，仰头饮尽了，方抬眸看向赵剑归，目光灼灼，道："请君珍重。"

赵剑归回了浩然盟。

将诸事一一向老盟主汇报后，赵剑归起身告辞，离去前却顿住脚步，像下定了决心一般，回身对老盟主道："盟主，晚辈有一事相求。"

老盟主心情正好，笑吟吟地点头："赵贤侄但说无妨。"

"盟主曾与我说过一事。"赵剑归道，"您说季寒性子还算平和，若他能一直如此收敛，管教反派中人，正邪共存也许并不是不可能的事。"

老盟主捋一捋胡子："老夫好像并未说过这句话。"

赵剑归一顿，点头道："您的确未曾说过这句话。"

他明白老盟主的意思，武林盟主无论如何也不该说出这种话，意会即是，不可明说。

"季寒如今虽然还算温和，可他毕竟是反派至尊，在这种位子上待久了，难免心性会有些改变。"赵剑归道，"晚辈有个想法。"

老盟主道："赵贤侄请说。"

"赵某愿做约束季寒的锁。"赵剑归朝老盟主作揖，郑重说道，"烦请盟主为晚辈主持金盆洗手大典。"

40

第一剑客赵剑归盛年隐退的消息一经外传，江湖一片哗然。

武林盟主为他主持大典，只说是赵剑归不想再过问江湖中的事，唯愿归隐专研剑道。

他既已退出江湖，那他与魔教教主季寒的论剑峰之战便也无疾而终，江湖众人无不扼腕叹息。

巴山大侠靳北郭便承众人之意，意欲挽留赵剑归。

赵剑归已下定决心，又是在深思熟虑后做的决定，自然不会轻易改变。

两人谈了片刻，靳北郭忽而好奇询问："赵兄这么做，可有十分之一是为了那个魔头？"

赵剑归一噎，道："这……"

靳北郭见他神色如此，便叹气道："以往我是不解，如今我亲历了，却是明白了。"

赵剑归说："你亲历？"

靳北郭再次叹了一口气，道："偌大的江湖，竟容不下真心相交之人。"

赵剑归："……"

赵剑归隐隐记起自己当初诓骗季寒时，曾编派过靳北郭，说他与漠北二杰迫于谣言已走到了一起。

赵剑归艰难开口："靳兄，你说的可是……"

靳北郭咬咬牙，道："赵兄，你可知江湖上流传起了一段闲话？"

赵剑归："……"

靳北郭道："赵兄是高风亮节之人，这等污言秽语，靳某不该传到赵兄耳里。"

赵剑归："……"

靳北郭叹气道："江湖规矩实在甚多，靳某也想归隐了呢。"

赵剑归："……"

靳兄，对不起！

41

靳北郭最终未能劝下赵剑归。

金盆洗手大典过后，赵剑归便仿佛自江湖上消失了一般，就此不知所终。

消息传到魔教，季寒莫名有些烦闷生气。

如此大事，赵剑归竟也不与他商量。

他连着几日心情不佳，教内更无人敢劝他半句。这日夜里，他看公文看得极为烦闷，恰逢卫旗有事上报，来他屋里汇报这几日飞鹰堂截获的诸多江湖情报。

季寒才与他聊了几句，忽而听得院外窸窣作响，接着有人轻轻敲了敲门。

大丫鬟并未告知他还有旁人来访，季寒与卫旗略一对视，摸过桌上的剑，厉声问道："什么人？"

门外静了片刻，方听得一人回答："你的随侍。"

季寒："……"

如此熟悉的油腔滑调的话语，季寒不用想也知道来的是什么人。

他心中极为欣喜，却强忍着面上的笑意，佯怒道："赵剑归，你又胡说八道！"

赵剑归推门进了屋子,笑吟吟回答:"我哪儿胡说八道了。"

小别重逢,季寒无心谈公务,抓着赵剑归问:"你怎么回来了?"

赵剑归说:"我打算留在魔教了。"

他见季寒眉头一挑,立即从善如流改口道:"圣教。"

季寒:"……"

赵剑归又说:"我已金盆洗手,不知教主可否赏赵某一口饭吃?"

季寒犹疑反问:"你是要一直留在教中了?"

赵剑归点头:"自然。"

季寒虽然欣喜,却忍不住询问:"为何?"

赵剑归心想,做人要直接一些,于是脱口而出道:"我怕你找了别人做兄弟。"

季寒一愣,左右打量赵剑归片刻,一下变了脸色,冷冰冰地说:"你把东西拿出来。"

赵剑归一时茫然,问:"拿什么?"

季寒怒道:"词本呢?你又照着词本说话了!"

赵剑归哑然失笑:"哪儿来的词本?"

季寒道:"你好好说话!"

赵剑归委屈道:"我就是在好好说话!"

眼见他们二人又要吵起来,卫旗急忙出言相劝,道:"赵大侠要留在圣教,这是好事啊!"

季寒道:"本座并不需要什么好事。"

卫旗却不理自家教主,仍对着赵剑归笑吟吟道:"只不过赵大侠您的身份特殊,若要留在教中,只怕还得寻一个合适的身份。"

赵剑归："……"

这段对话他也很熟悉。

"卫某思来想去，也只有这几个身份比较适合赵大侠。"
卫旗竖起手指，一一说道，"教主的死卫、随侍，或者……"

赵剑归："……"

"死卫与随侍，赵大侠已体验过了。"卫旗说，"不如……"

赵剑归："……"

虽说自己已金盆洗手，但赵剑归感觉自己手中的长剑又有
些蠢蠢欲动了呢。

卫旗听到了拔剑出鞘的声音，忙笑嘻嘻说："不如赵大侠
自己选一个吧。"

卷五
永遇乐

今夜，你我定要不醉不归。

赵剑归在魔教待了数月，也不曾从卫旗所定的三个身份中挑出一个，仍是以真实身份待在魔教。

教中人大多知道他对教主多有关照，又与教主关系亲厚，自然不会多言，他便住在教主邻屋，一切如常。

但"寄人篱下"的人难免敏感，时间久了，他渐渐觉得有些不是滋味，甚至怀疑季寒在疏远他。

此事他问过大丫鬟，也咨询了玉仙儿，二人都只说教主因公务繁忙，闲暇时间不多，才没能常与他相处。

恰好再有几日便是中秋佳节，大丫鬟便鼓励他道："赵大侠，您要再努力一些啊！"

赵剑归不由得苦笑，道："我还能怎么努力？"

他垂头丧气，像是久无回应，动力已失，难免便要多想，甚至打起退堂鼓。

这么多时日，就算是石头也该被焐热了。可季寒全无反应，甚至比之前还要冷淡，仿佛并不需要旁人相助，更不需要什么交心的朋友。

说不准季寒就是不需要他的呢？

2

赵剑归当然不知自己才找大丫鬟诉完苦，大丫鬟便跑去找了季寒。

季寒正在书房内阅读公函，听她碎碎念叨了一大堆话，也只是反问："所以呢？"

"所以？"大丫鬟激动了，"教主，您若再无回应，赵大侠就要心灰意冷离开了啊！"

季寒终于皱了皱眉，抬起眼看她，犹豫着问："本座……本座表现得很不明显？"

大丫鬟："……"

大丫鬟找来最会揣度人心的玉仙儿，将季寒按在椅子上，要与玉仙儿一同为他上课。

"教主，您未免也太委婉了。"玉仙儿感叹道，"赵大侠那种人，您光是给他东西吃，给他地方住，他是不会懂的！您若真心要与他拜把子，想把人留在魔教里，那您就得直接和他说啊！"

季寒端起茶盏，迷茫极了："我……说什么？"

玉仙儿恨铁不成钢，拍了拍桌子，道："自然是唤他一声'赵兄'，说您仰慕他，要与他义结金兰，不求同年同月同日生，但求同年同月同日死啊！"

季寒被一口茶水呛着，大丫鬟急忙为他顺气，一面朝玉仙儿死命打眼色。

玉仙儿懂了。

魔教教主年轻面皮薄，又是实事求是的人，自然是说不出"但求同年同月同日死"这等空话的。

天底下竟然还有这么乖巧的魔教教主？！

玉仙儿觉得自己又有了新的画本题材。

自那日赵剑归不许任何人再乱写后，她便真的封了笔，转而画起了图册。

她一边作画一边安慰自己，作为一个琴棋书画样样精通的人，封笔便封笔，怕什么。

从秦淮河畔混出来的人，绝不认输！

"教主若是说不出口，仙儿倒也有些其他办法。"玉仙儿仔细思索一番，道，"若是能令赵大侠主动开口，那教主答应就好，自然免去了种种烦扰。"

大丫鬟忍不住出言提醒："可我看赵大侠比教主好不了多少，应该是不会主动开口的。"

玉仙儿微微一笑："别怕，此事我有办法。"

3

玉仙儿竖起一根葱葱玉指，道："第一步，是似有似无的接触。"

大丫鬟摇头。

"这招不行。"她说，"赵大侠和教主时常比剑，都不知接触多少回了。没用，下一个。"

玉仙儿又道："大侠嘛，总归是有些保护弱小的本能的，只要教主表现得柔弱可怜一些——"

说到这儿，玉仙儿将目光转到季寒身上，只见季寒一身黑衣，腰侧佩剑，腰线笔挺细瘦，一看便是习武之人，更不用说他神色冰冷，极为慑人……玉仙儿收回视线，自觉地将后半句话咽了回去。

"这招不行。"玉仙儿自我否定，"下一招下一招。"

季寒："……"

玉仙儿想了一会儿，又有了新主意。

"教主该把赵大侠约出来。"玉仙儿说，"然后同他说，天气太冷，衣服穿得少了，要他将衣服借给你。"

大丫鬟闻言甚为激动，接话道："教主再亲手将衣服洗干净还给他——"

季寒抬手打断了两人的话。

"本座不会洗衣服。"他面无表情地说道，"而且，如今是七月，天气如何冷了？"

玉仙儿说："天气冷不冷不要紧，重要的是，教主您觉得冷啊！"

"习武之人，哪那么容易冷。"季寒冷冷道，"你们真是胡说八道。"

大丫鬟："……"

玉仙儿："……"

4

"我总算明白为什么只有赵大侠能对付教主了。"玉仙儿满面无言，许久方道，"你们俩一定是因为对方与自己同样耿直，才会如此惺惺相惜吧？"

季寒："……"

大丫鬟捂着脸，不想说话。

"我还有最后一个办法。"玉仙儿深吸一口气，道，"教主照我说的去做便是。"

大丫鬟敲开赵剑归的房门，只说季寒有要事找他，请他稍待片刻，待会儿季寒便会过来此处。

赵剑归自然不疑有他，乖乖地等了许久，终于听见脚步声，季寒缓缓走了进来。

赵剑归与季寒打了个招呼，忽然发觉今日季寒与往常相比，实在大不一样。

剑客当然力求衣着简洁，以便行动，因此季寒平日常着深黑劲装，高冠束发，可今日他却换了一件长衫，束发之物也换作了玉簪。

赵剑归不由得一怔，低语道："教主这是……"

季寒有些局促，在桌旁坐下了，攥着手中的剑，似乎有话要说。

赵剑归为他倒了一杯水，在一旁坐下，问："教主可是有要事商谈？"

季寒道："本座……"

话未说完，他便意识到如此自称不对，一顿，只觉这辈子都不曾如此紧张过。

片刻后，他轻咳一声，改口道："我有些事……"

赵剑归微微一笑，说："你有事便说，你我之间，不必如此客套。"

季寒见赵剑归发笑，反而更为局促了。他皱着眉，心想自己好歹是魔教教主，何时行事如此磨叽了，倒不如快刀斩乱麻，有什么想说的，一口气说了便是。

他端起桌上的茶杯，本想喝口水再说话，脑子里却蓦地想起玉仙儿的吩咐。

玉仙儿说，若是要喝水，一定要喝赵剑归杯里的。

此举若是用得妥当，那便等于成功了一半，哪怕是赵剑归这等不通人情的剑痴，想必也能发现端倪。

试问如果一个人连与你共用一个茶杯这么不卫生的事都不介意，那这不是将你视作极为重要的朋友，又能是什么呢？

季寒既下定了决心，便立马放下手中茶杯，动作果决干脆。赵剑归几乎来不及反应，便见季寒拿起了他的杯子。

"教主！"赵剑归急忙道，"我杯里盛的是——"

季寒一饮而尽。

赵剑归说出后面两个字："凉茶。"

季寒："……"

季寒捂住了嘴。

出师未捷，季寒一句话都没再说，当下便掩面捂嘴，起身跑了回去。

他需要甜的……要糖续命！

大丫鬟与玉仙儿本等在院内，见季寒捂嘴逃走，都不由得一怔。

下一秒，玉仙儿似乎想到了什么，激动万分，用力拍桌，大喊道："唉，气杀我也！"

大丫鬟不明所以。

玉仙儿继续道："没想到啊，赵大侠真不是个东西！"

赵剑归恰好追出来，莫名听见了这么一句话，茫然地看向玉仙儿。

"到底发生了何事？"赵剑归道，"为何今日教主如此古怪？"

大丫鬟老老实实地将事情告诉了赵剑归。

赵剑归起初不解，待听闻季寒只是不擅长表达而不愿开口后，便忍不住心中欣喜，几乎要笑出声来。

玉仙儿见他还有心思笑，更加生气了："赵大侠，我一直尊你是正道之光一样的人物，对你非常仰慕。可没想到你竟然是这样的人，拒绝我们教主的结义之请便罢了，居然还动手打他！"

赵剑归笑不出来了，一脸茫然，道："我何时打他了？"

别说打他，便是说句重话也不舍得的，好吗！

玉仙儿道："若你没扇教主耳光，那教主为何掩面而走？"

赵剑归："……"

向玉仙儿解释清楚后，赵剑归在屋内走了两圈，忽而顿住脚步，转头问道："季寒可还有什么要做的？"

大丫鬟摇头。

"教主说了，此举若是再失败，他便再不会听我与仙儿的胡说八道了。"

赵剑归："……"

大丫鬟叹了一口气，又道："他连结拜用的香炉和案台都准备好了……"

她说不下去了。

教主为了有个朋友，可真是受苦了啊。

5

季寒消停了几日，一直到中秋佳节当日方才有所行动。

他令大丫鬟传话给赵剑归，让对方准备妥当，今夜于院中相见。

是夜，季寒早早在院中等赵剑归，却一句话也不曾多说，赵剑归便也沉默坐着。

如此过了半刻钟，季寒才开了口。

"赵剑归。"季寒温声道，"你可曾听过诗仙李白的一首诗？"

赵剑归一怔，莫名觉得有点好笑，说："我想，你得先说出是哪首诗。"

季寒："……"

他手中有剑，心中无诗，难得卖弄一回风雅，谁知弄巧成拙，好气啊！

季寒告诫自己不要紧张，而后强装镇定道："《月下独酌》这一首，里面有一句'花间一壶酒，独酌无相亲'。"

赵剑归点头应道："我当然知道。"

赵剑归想，季寒自小便只懂练剑，殷不惑苛待他，从未将他当亲子看待，又不许亲生儿子与他玩耍，想必他一直以来便如诗中所说，独酌无相亲，独来独往地过日子。

他想说点什么，安慰一下季寒也好，季寒却抬起手，像是要他再等一等。

季寒道：“你一定想问我近日为何对你冷淡，为何口是心非。”

从小到大，他的心爱之物最终都会被人夺走。义父不喜他心有外物，也不喜他与人亲近，于是他连口腹之欲都不可有，他只能喜欢剑。

他把自己逼成了一座孤岛，不容有旁人，谁也近身不得。

哪怕如今义父被捕，他还是难以抑制地惧怕着什么。

他想自己是魔教之主，若将来正道想对付他，先对赵剑归下手了怎么办？

赵剑归是江湖名侠，届时难免左右为难。他是最知道无力保护自己想保护之物的感受，便不忍让赵剑归有朝一日也体验这样的感受。

既然一切根源皆在他心，那他还是保持心无一物为好。

季寒轻声叹道：“无非是患得患失罢了。”

赵剑归不是傻子，季寒如此说了，他稍一思索便明白了季寒心中所想。他并不反驳，只是站起身，将腰侧佩剑挑在手中，微微笑着与季寒道：“要不要比剑？”

季寒怔了。

中秋佳节，良辰美景，赵剑归却要拉着他去比剑。

季寒不免皱眉，可看赵剑归兴致勃勃的模样，便不想扫他的兴，只好起身同他到了院中。

　　二人剑法不相上下，一时之间难分胜负。双剑铮然相交时，赵剑归忽而开口，轻描淡写地丢下一句话。

　　"教主莫要忘了，赵某是天下第一剑客。"赵剑归道，"这天下，有多少人能伤到你我？"

　　一言惊醒梦中人，季寒怔了片刻，倒输了半招。

　　他落了下风，却未有不悦，只觉心中最后一丝苦恼霎时间烟消云散了。他怎么忘了，他们二人若联手，江湖上根本没有多少人能敌过他们。

　　季寒心下愉悦，收剑还鞘，又见赵剑归眼中笑意盈盈，忍不住也笑出声来。

　　"赵剑归，"他说，"来陪本座喝两杯酒。"

6

　　他们二人翻上屋顶，大丫鬟为他们端上了酒。

　　季寒为赵剑归斟满一杯，心中愉悦万分，开口便道："今夜，你我定要不醉不归。"

　　赵剑归有些苦恼。

　　他还是不喜欢喝酒，也不明白酒有什么好喝的，于是皱紧了眉头，道："你怎么这么喜欢喝酒？"

　　季寒便笑着说："酒不醉人人自醉。"

　　他将杯中酒饮尽了，又去看身边的赵剑归，只觉今晚月色甚好。

　　赵剑归与他对视片刻，忽而道："我有一物要赠你。"

　　季寒问："什么？"

自古以来，江湖中人结义无不以信物为定。可季寒喜欢的东西少，赵剑归前后想了数日，总算想到一件季寒必定会喜欢的东西。

他将随身佩剑解下来，递到季寒手边，唇边带着笑，道："剑。"

季寒一怔。

他将赵剑归的剑接过来，却许久不曾回神。他想，如赵剑归这般的剑客，佩剑几乎就是性命一样的存在。眼下赵剑归将剑赠给自己，可见这是要与自己交心了。

他手忙脚乱地去摸自己的剑，而后郑重地把剑交到赵剑归的手上，道："本座从不欠人情，你送了我东西，我自然要回赠你。"

赵剑归眼中笑意更甚，他伸手接过季寒的剑，心中说不出的欢喜。

还是在这屋顶。

他在心中想。

上次在此处，季寒与他说对不起，而后便与他共饮了一杯。那时二人正邪对立，季寒的动作是为了让他卸下防备，其中有无奈，有欺瞒，如今却不同了。

赵剑归凑近了一些，端着酒杯去碰季寒手中的杯子，却被他按着手推开。

赵剑归一脸茫然地看他。

季寒轻咳道："本座来。"

赵剑归："……"

赵剑归皱起眉："上次是教主敬我，这次总该由在下来了吧？"

季寒挑眉："若你能胜我。"

赵剑归："……"

季寒慢条斯理地道："赵大侠是正人君子，这种事自然是要公平……"

赵剑归懒得理他，他还在说着话，赵剑归已将酒杯与他的碰了一下。

季寒无奈地笑了笑，满饮此杯。

7

院中花丛后，大丫鬟掐着小手绢，潸然泪下。

玉仙儿拍了拍她的肩，安慰道："姐妹，你冷静一点。"

玉仙儿一面说着话，一面想从随身的小袋中摸出纸笔来，可掏了半天，什么也没掏出来，只好回首去看卫旗，朝卫旗伸出手。

卫旗自是会意，立即将笔双手奉上，又将记满飞鹰堂情报的本子递了上去。

眼见玉仙儿埋头作画，大丫鬟喜极而泣，再看看屋顶上对酒当歌的那两人，卫旗只觉岁月静好，正是"暂伴月将影，行乐须及春"。

推杯换盏间，赵剑归忽闻烟火声响，抬头去看，便望见烟火漫天。

他不由得一怔，有些讶然，开口问道："今日镇上放烟火？"

季寒就坐在一旁，也抬头去看那漫天烟火，嘴角噙着淡淡的笑意。

听见赵剑归如此问，他回首道："不是镇上的烟花。"

赵剑归一怔："那是……"

"今日镇上不放烟花，"季寒目光灼人，似有熠熠光辉，一字一句道，"本座独为你放。"

8

在魔教住了一段时日后，赵剑归发觉自己的生辰要到了。

他并非心思细腻之人，平常也不怎么去记自己的生辰，若非他师父提早来信提醒，只怕他早已忘记了一年中竟然还有这么一个日子。

而在他的师父提醒他后，他的好友与师弟、师妹又纷纷托人为他送来生辰礼物，这礼物越积越多,哪怕他并不想对人提起,此事也还是让季寒知道了。

事情既然传到季寒耳中，季寒便恨不得为他大肆操办，自个儿就送了他不少礼物。

等教主买的礼物多了，教中人自然也得了消息，是以到了最后，赵剑归这生辰过得极为热闹，生辰贺礼堆积如山，教中大摆筵席，其张扬程度属实是他这二十多年来的头一遭。

当教中晚宴快结束时，教中人尽皆酩酊大醉，赵剑归与季寒倒仍是很清醒。

他们二人从宴会上开溜，寻了一个僻静地方，又拿了一壶酒和几叠小菜，不过只是一块儿坐着，倒也不曾过多闲谈。

如此过了片刻，赵剑归先开了口，道："多谢。"

他想，季寒费心为他准备这场生辰宴，那么无论二人关系如何亲近，他也该开口感谢一番。

可不想季寒微微皱了皱眉，似乎并不受用，道："今日我本想……"

赵剑归追问道："想什么？"

季寒叹了一口气，才低声继续道，"只有你我二人。"

赵剑归："……"

9

赵剑归清楚季寒的性子，季寒不喜欢热闹，若不是他生辰之事外传，教中许多人为了讨好教主，争先恐后想为他庆贺，那么这一日便该是他们两个人一同度过的。

他们可能会喝一些酒，待醉酒微醺，再借着酒意比一比剑，同往日他们相聚并无多少不同，却又是他们二人觉得最舒适惬意的相处方式。

可如今这一切都变了味，如此一番折腾后，二人只觉得身心俱疲，私下再聚也没有了先前的兴味。

二人如此呆坐了一会儿后，赵剑归才听得季寒重新开口。

季寒道："本座……我为你备了生辰礼物。"

这几日他为赵剑归买了许多东西，吃穿用的皆有，光是剑就买了十余柄，在这种情况下……赵剑归想不到他竟然还有没送出手的礼物。

他甚至开始有些不好意思了。

"你已经送了我许多东西了。"赵剑归说道，"不过一次生辰罢了，你其实不必如此费心。"

季寒却很执着地说："这是你在教中第一次过生辰。"

赵剑归也很努力地说："往后会有很多次的。"

季寒冷哼一声，道："礼物已经备好了，你收不收？"

赵剑归顿时噎住，说："我……"

季寒忍不住挑眉："本座喜欢，想送，就要送。"

赵剑归："……"

赵剑归从这段时日两人的相处经验推断，季寒这是要生气了。

此刻他若是还不愿接下这份礼物，那么至多再说上三句话，季寒绝对会当场爆发，然后二人因这点小事不欢而散，到明日再百般纠结，互相为难着如何拉下面子同对方道歉认错。

这种事赵剑归已经历过许多次。

而这一回，他不想重蹈覆辙。

赵剑归果断地接受了季寒给他准备的生辰礼物。

"你送什么我都喜欢。"赵剑归装出一副喜不自胜的样子，"教主百忙之中还能记得我的生辰，我已经很开心了。"

季寒瞥他一眼，道："你就会油嘴滑舌。"

季寒嘴上如此说，心情却好了不少，唇边也带了些笑意。

他忸怩片刻，然后拿出一个不算太大的狭长锦盒，递到赵剑归手中，道："你拆开看一看。"

赵剑归觉得，季寒说这句话时的语气有些不对劲，显得十分忐忑不安，像摸不准他对这份礼物的喜恶。

也不知季寒究竟送了什么东西，赵剑归不免满心好奇。

他伸手接过锦盒，打开一看，里头竟然是一条剑穗。

剑穗并不华丽，看起来像街上随意可买到的——不，这条剑穗编得相当粗糙，哪怕是街上随便能买到的那些，也要比这条精细。

赵剑归微微一怔，抬眼看向季寒，几乎压不住自己的惊喜，问："这是你编的？"

季寒冷哼一声，答道："胡闹，本座怎么可能做这种事。"

季寒一开口，赵剑归便笃定了自己的猜测。

他花了好大力气才忍下笑意，而后顺着季寒的话往下说："对，教主怎么可能会做这种事呢。"

季寒却又偷偷瞥他，小心翼翼地询问："好看吗？"

赵剑归摇摇头，道："不太好看。"

季寒："……"

"也不知教主是从何处买到的剑穗。"赵剑归说道，"这编得也忒差了。"

季寒的脸色霎时间变得阴沉。

"我觉得，"赵剑归压低声音道，"这家店迟早要倒闭。"

季寒："……"

季寒已站起了身，冷冰冰道："本座乏了，先回去——"

赵剑归却不紧不慢地继续道："可我跟不得这江湖潮流，就喜欢这样的剑穗。"

季寒："……"

赵剑归又补充一句："特别喜欢。"

他说完这句话，似乎还觉得不太够，干脆解下佩剑，毫不犹豫便将剑穗挂了上去。

季寒的神色这才缓和了一些。

赵剑归又问："教主还困吗？"

季寒想了想，道："好多了。"

等季寒重新在自己身边坐下，赵剑归这才开口同他道谢。

赵剑归毫不掩饰自己对这条剑穗的喜爱，季寒的心情不免更好了一些，而赵剑归收了如此重礼，免不了开口多问，道："教主的生辰在什么时候？"

季寒稍稍一怔，道："再过一月。"

赵剑归又问："教主想要什么礼物？"

季寒摇头。

"我不过生辰。"季寒说道，"你不必费心为本座准备礼物。"

10

季寒轻描淡写的一句话，却令赵剑归想了整整一个晚上。

他知道老教主一直对季寒不好，凡事都是万分苛责，却不曾想到，这么多年季寒竟连生辰都没有庆贺过。

赵剑归不由得去想自己还在师门时的日子。

他原是弃儿，并不知真正的生辰，师父便将他的生辰定在捡他回师门的日子,而每年到了这一日,师父定然对他百依百顺,也定然会送他许多生辰礼物。

他还记得,有一年他异想天开,许了愿说想要天上的星星,师父竟也没有骂他,想方设法为他寻得一柄陨铁短剑,名曰"飞星",再将此剑赠给了他。

直到许多年后,赵剑归才知道那一柄飞星剑令师父在接下来很长一段时日里都过得极为拮据,而师父为了不让他内疚,竟从未将当时的困窘境况告诉他。

他敬师父如父,师门中的人也都是他的至亲,因而今日他听闻季寒从未有过这等经历,不由得有些为季寒难过。

赵剑归几乎一夜未眠,翌日天一亮,他便起了身,跑去寻卫旗与玉仙儿商量主意。

那两人正在院中共用早膳,你喂我一口,我亲你一下,甜腻得有些躺人,赵剑归不免在一旁迟疑了片刻,但最终还是走了过去。

他打断二人的甜蜜时光,开口便问卫旗:"你可知教主的生辰?"

卫旗一怔,皱眉思索片刻,道:"我……这……大概是知道的吧。"

赵剑归便追问:"什么时候?"

卫旗答得十分迟疑:"再过半年?"

赵剑归:"……"

卫旗看着赵剑归的眼神,沉默片刻,终于决定实话实说。

"教主从来不过生辰。"卫旗蹙眉说道,"其实我已经不记得了。"

赵剑归又看向玉仙儿。

"我刚来的。"玉仙儿满脸无辜，道，"我什么都不知道。"

11

赵剑归在卫旗身边坐下，认真地同卫旗说自己的想法。

他想给季寒好好过一个生辰。

季寒不喜欢热闹，那这次生辰不必有太多人出现，只需要备些小菜，然后由他陪季寒过一晚上便好。

可既然是生辰，总该有些生辰贺礼，而赵剑归觉得，季寒缺了二十四年的生辰，单单一件贺礼显然是不够的。

赵剑归很清楚季寒的性格——季教主最擅长口是心非，嘴上说着对生辰毫无兴趣，可心底应当还是憧憬的。

如此思来想去，赵剑归便想请自己的好友们帮忙，多准备些礼物送给季寒。

卫旗立即明白了赵剑归的意思，拍着胸脯道："请赵大侠放心，准备贺礼而已，我熟悉得很。"

玉仙儿却支着下巴看赵剑归，问："赵大侠想送些什么礼物给教主？"

赵剑归迟疑道："我……"他其实还未想好这件事。

他转念一想，玉仙儿在这种事上经验丰富，卫旗也是见多识广的人，说不定能给他出些主意。

思及此，赵剑归轻咳一声，问玉仙儿与卫旗，道："你们可有什么好主意？"

卫旗道："要不送一碗放了糖葫芦的鸡蛋面？"

玉仙儿："……"

赵剑归："……"

赵剑归忽略卫旗，满脸期待地看向玉仙儿，等着她给他一个答复。

"哪用得着想什么主意。"玉仙儿轻声一笑，道，"赵大侠，对教主来说，只要是你送的礼物，就是最好的礼物。"

赵剑归："……"

12

赵剑归不再与这二人纠缠，决定去找大丫鬟帮忙——大丫鬟自小跟随季寒，想必对季寒的喜好一清二楚。

可他一起身，负在身后的那柄佩剑便垂下一条红色剑穗来，那条剑穗编得歪歪扭扭，同他的白衣相衬，极为显眼。

卫旗不由得一怔，下意识出口询问："赵大侠，这条剑穗——"

赵剑归立马回头，问："如何？"

卫旗原是想说这条剑穗同赵剑归往常的风格并不相配，可他还未开口，玉仙儿已轻轻推了推他，笑着代他回应道："好看极了！"

赵剑归的唇边不由得带了笑，显然对玉仙儿的夸赞很是满意。

玉仙儿见他如此神色，更加笃定自己心中的猜测，毫不犹豫地夸赞道："教主果真贴心。"

赵剑归脸上的笑意更浓，得意地道："我也如此觉得。"

卫旗："……"

这两人好像在他不知道的时候突然达成了某种共识。

等赵剑归离去，卫旗终于忍不住询问玉仙儿："那条剑穗是教主送的？"

"赵大侠可从来不用这样难看的剑穗。"玉仙儿自信满满地说道，"能让赵大侠将这样一条丑剑穗系在剑上的，也就只有教主了。"

13

赵剑归又去找了大丫鬟。

他想瞒着季寒筹备此事，自然要先同大丫鬟通个气，好请大丫鬟帮忙瞒着季寒。

大丫鬟自然万分赞同他的意见，甚至还为他提了建议，道："教主没有什么朋友，也没有收过什么礼物，若有朋友给教主送礼，教主一定会很开心的。"

赵剑归觉得大丫鬟说得很有道理。

魔教的人虽然多，但大多心怀鬼胎，着实算不得季寒的朋友，他掰着手指算来算去，也凑不出几个能为季寒送礼的人。

可他就不同了。

赵剑归在江湖上好友无数，而他的朋友当然就是季寒的朋友，既然如此，那此事便不算什么难事。

他决定写信给他的诸位好友，请他们帮帮忙，为季寒准备一些生辰贺礼。

14

赵剑归起身告辞时，不经意地碰了碰负在身后的剑，那条红灿灿的剑穗在大丫鬟眼前一晃而过。

大丫鬟怔了片刻，而后像想通了什么似的，下意识脱口道："原来前些时日教主鬼鬼祟祟的，是在做这个啊。"

赵剑归问："什么？"

大丫鬟掐着手绢，满眼泪花，很是感慨。

"赵大侠，教主对您真好。"大丫鬟揉了揉眼睛，语重心长地道，"您一定要对教主好一些啊。"

15

赵剑归回了自己的屋子，开始给自己熟识的人写信。

他抽了一张信纸，端端正正地在上头写下"师父敬启"四个字，而后酝酿许久，也只能在信上憋出一句话——季教主编了剑穗相赠徒儿，徒儿很喜欢。

赵剑归看着那行字沉默许久，忽而觉得有些不对劲。

他这一日怎么就光炫耀季寒送他的生辰贺礼了？

可这句话他又着实不想删去，他知道，自他住进魔教后，师父日日夜夜都不安心，总担心季寒会同前几任教主一般喜怒无常、薄情寡义。

赵剑归觉得，自己正好借此机会同师父好好说一说季寒待他究竟有多好。

想到此处，赵剑归好像突然找到了话题，长篇大论地说起了自己来到魔教之后的见闻，又写季寒如何待他好，送了他多少生辰贺礼，最后再将话题一转，说季寒一直很是仰慕师父，下月季寒过生辰，若师父能送一些生辰贺礼，季寒一定会很高兴。

赵剑归写完这封信，满意收笔了。

他将信封好之后，松了一口气，紧接着又拿出一张信纸，开始给巴山大侠写信。

开头第一句，他仍是美滋滋写下"季魔头为我编了剑穗"，结尾那一句，也依旧是请巴山大侠帮忙备些生辰贺礼。

而后他给师弟、师妹以及其他江湖好友写的数封信，也大抵如此，简直要将季寒送他剑穗一事宣扬得尽人皆知。

季寒对他好，他恨不得让全天下的人都知道。

待写完了所有信，赵剑归才满意地舒了一口气。

一切准备完毕，接下来他得筹备为季寒庆贺生辰的晚膳了。

16

筹备晚膳一事，大丫鬟远比赵剑归擅长。

她拍着胸脯说包办此事，让赵剑归不必忧心，赵剑归便将心思放在了自己要送给季寒的贺礼上。

他花了大半月去准备礼物，待他准备完毕，众人的贺礼与回信也纷纷寄到了。

赵剑归将那些贺礼藏在自己房中，开始阅读众人的回信。

巴山大侠想上门来庆贺，被漠北二杰拦住了；他师弟嘴贫，打趣了整整三页信纸；师父的回信最为正常，只是问赵剑归何时带季寒回师门喝一杯茶。

赵剑归决定只将师父的信读给季寒听，至于其他人的信，他一定要藏好，否则季寒看见了一定会生气的。

至此，赵剑归方才安心。

17

到了季寒生辰当日，赵剑归特意邀季寒来他屋中共饮美酒。

季寒当即一愣，赵剑归向来不爱喝酒，今日倒是罕见，竟破天荒地主动说要陪他喝酒。

忙完教中事务，季寒兴冲冲而来，一进屋却见赵剑归屋中堆放了数十个包装精美的礼盒。

季寒不由得一怔，顿住脚步，迟疑地开口询问："这……这是什么？"

赵剑归笑吟吟地回答："生辰贺礼。"

他请季寒进屋，先将他师父的贺礼递到季寒怀中，道："我师父听闻你生辰，特意为你备了生辰贺礼，你可要拆开看看？"

季寒："……"

季寒伸手接过锦盒，打开一看，里面是一柄短剑。

他稍稍一怔，将短剑拿起来，还未细看，赵剑归已经明白了，咋舌道："陨铁剑。"

真好，他师父大概又要节衣缩食大半年了。

季寒头一回收到生辰礼物，有些不知所措，将陨铁剑拿在手中，一时不知该放回锦盒中，还是放在身上收好。半晌后，他抬起头，颇为无措地看向赵剑归。

赵剑归不由得笑出声来，从他手中接过陨铁剑，道："还有其他礼物呢。"

不知为何，众人好像都默契地觉得季寒应当喜欢武器，送上的贺礼不是匕首便是剑，季寒这一日便莫名多了十余柄藏剑，在桌上一字排开，到最后连赵剑归都有些尴尬，只怪他未曾同好友们通气，以至于大伙儿都送了差不多的东西。

可季寒不在乎，他还是头一回收到这么多礼物，哪怕他心中很清楚，这些人不过是看在赵剑归的面子上，才给他备了生辰之礼，可他仍旧觉得很开心。

18

季寒将赵剑归递过来的锦盒一个个拆开，到了最后，赵剑归已不再将那些礼盒递给他了，而一旁窗下的小桌上，仍旧整齐摆放着十数个盒子。

他也不急，静静等待着赵剑归的下一个动作，显然他更期待赵剑归给他的生辰礼物。

可过了许久，赵剑归仍然没有行动，季寒难免觉得奇怪，便看向赵剑归，打算直接询问。

季寒正要开口，赵剑归忽然清了清嗓子，敛容正色，认真地道："我也为你备了礼物。"

说罢，赵剑归牵着季寒来到窗边，引季寒去看桌案上码得整整齐齐的礼盒。

季寒忍不住打趣，问道："你送的不会也是剑吧？"

赵剑归摇了摇头，而后请季寒拆开最上面的盒子。

季寒将盒子打开，里头放着的却是一个小娃儿的长命锁，季寒微微一怔，有些不解地问道："你这是何意？"

赵剑归道："你再看看下一个。"

季寒只得压下疑惑，顺着赵剑归的意思，将下一个锦盒打开了。

那个精致锦盒内放着的仍旧是小娃儿才喜欢的东西——拨浪鼓。

按照季寒以往的脾性，面对此情此景，他是要生气的，可这回他竟难得有好性子，并未直接同赵剑归发火，只是有些不悦地低声道："本座不是小娃儿——"

赵剑归道："我当然知道你不是小娃儿。"

他拿起长命锁，将它放在季寒手中，认真同季寒道："一岁贺生辰，本该佩着长命锁。"

季寒："……"

"二岁也到了玩拨浪鼓的年纪了。"赵剑归道，"按照你义父的为人……我想你并未玩过这个。"

季寒："……"

第三个盒子由赵剑归代替季寒打开，里面是孩童启蒙的《三字经》。

赵剑归将启蒙书册放在桌案上，道："三岁，启蒙之时。"

第四个盒子较为狭长，里面是一柄木剑，比成人用的剑要略短一些。

赵剑归并指拂过剑锋，再将它放在季寒手中，道："四岁，你义父该要你习剑了。"

他说完这句话，不由稍稍一顿，有些懊恼，又连忙补充："我没想到他们送的都是剑。"

季寒终于明白了赵剑归的意思。

19

季寒的生辰从来没人在乎，也从来没有人给他庆贺，他收到的最了不得的礼物，也不过是练完剑后义父多给他的一颗糖。

自出生算起，他缺了整整二十四个生辰礼物。

赵剑归想全部给他补上。

到此时，他恍然大悟。

如今他已经长大，这些贺礼他早已用不着了，可他看着桌上一件件摆出的他不曾拥有的孩童的玩具，莫名觉得喉中发哽。

这些于他无用的贺礼，反倒是他今日收到的最喜欢的东西。

十岁生辰，他有了一件产自西域的不倒人俑。小人俑漆红涂彩，满面傻乎乎的笑容，不知为何，他看着便忍不住弯起唇角。

十五岁束发，赵剑归送了他一支木簪。此前无人教他束发，如今有了这支木簪，他若得空闲，便可以自己学一学。

二十岁弱冠，赵剑归送了他一套衣服。衣服的颜色有些鲜艳，他大概是不会穿出去的，可心里还是觉得喜欢。

……

季寒一个个打开锦盒，这些贺礼都在他的眼前，却又仿佛融入了他这些年的记忆里，就像如今他收到的这些礼物，真的穿过了十数年时光，落进当年那个孤独、落寞的少年手上。

他想，这天下果真只有赵剑归最懂得如何戳中他的软肋，寻得他的弱点。

20

季寒面前终于只剩下最后一个锦盒。

季寒深吸了一口气，强压下喉中哽意，抬首看向赵剑归，故作轻松地询问：“本座今年的生辰贺礼，不会也是剑吧？”

赵剑归有些紧张，摇了摇头。

“在下实在不知该送教主什么才好。”赵剑归挠了挠头，道，“我这人天生不懂讨人欢心……”

季寒手快，已将那个盒子打开了。

赵剑归闭上眼，垂死挣扎般解释："我这人也没有什么新意……"

锦盒中装着的是一条编得乱七八糟的剑穗。

赵剑归支支吾吾道："我……我不是故意想学你的。"

季寒微微挑眉，将这条扭曲抽丝的剑穗从锦盒中拿了出来。

赵剑归一脸沮丧，垂下头，道："是这样的，我……我真的很认真地学了半个月，可……"

季寒："……"

赵剑归像破罐子破摔一般，鼓起勇气将后面的话说完："可一编起这个，我的手就不是我的手了，我的脑子也不是我的脑子了——"

季寒打断他的话，道："你这条剑穗编得比本座的还丑。"

赵剑归："……"

赵剑归倍感羞辱，点点头，道："你说得对。"

季寒看着赵剑归羞愤欲死的神色，心情实在愉悦得很，唇边的笑意再也压抑不住。

他一边匆匆解下自己的佩剑，将那条扭作一团的剑穗往上缠，一边开口打趣。

"太丑了。"季寒道，"你道个歉吧。"

赵剑归抬起头看向季寒，没明白他这话的意思。

季寒为他斟了满满一杯酒，笑吟吟同他道："你先自罚三杯。"

赵剑归："……"

"反正明日无事，"季寒道，"你又难得邀我共饮美酒。"

赵剑归明白季寒的意思了，不由得微微阖目，道："我已经后悔了。"

季寒才不去管他说了些什么。

"今夜,本座要你陪我——"季寒抬眼看向赵剑归,一字一句道,"不醉不归。"

21

季寒显然在说谎,第二日他有要事同诸位长老商议,卫旗和花护法在外面敲了好半天房门,却始终没人回应,最后还是卫旗自作主张地破门而入,才将宿醉的教主从床上拖了起来。

季寒宿醉不适,踉踉跄跄地下了床,又勉强更衣、洗漱,便急不可待地要去隔壁房间。

大约是人清醒过来了,体力也恢复了一些,这下他倒是健步如飞了。

季寒推开隔壁房间的门,便见同样宿醉的赵剑归好似头痛欲裂,口中不断念叨着下次再也不喝酒了。

季寒忍住笑意,与赵剑归聊了一会儿,而后取了佩剑,同他道:"待会儿本座再来看你。"

话音未落,花护法与卫旗眼珠子一转,看向季寒佩剑上的剑穗。那条剑穗用料大红大紫,编法一塌糊涂,简直不堪入目!

卫旗有玉仙儿指点,如今万分通透,只垂眼装作什么也不曾看见。

花护法却觉得奇怪,忍不住开口询问:"教主,您这条剑穗——"

季寒立即反问:"如何?"

花护法哪知其中缘由,当即实话实说:"有些丑,和您不太搭。"

卫旗急忙推了推花护法的胳膊，让她不要继续往下说了。

可季寒觉得花护法说得没错。

他的衣着向来简约，今日仍旧穿一身黑衣，却多了一条大红大紫的剑穗，看起来实在有些说不出口的怪异。

因而季寒回答："我在店里随便买的，太丑了，那家店可能要倒闭。"

赵剑归："……"

赵剑归觉得，季寒这是在蓄意报复。

花护法不住地点头，显然觉得这条剑穗丑极了，实在有辱他们圣教教主的名声，忍不住劝道："教主，换一根剑穗吧。"

这回季寒却不接话了。

此刻他正直视着赵剑归的双眸。

"这条剑穗丑是丑了点，"季寒的口吻相当随意，眸中却满是笑意，"可是——"

他顿了顿，终于吐出了最后一句话："可是本座很喜欢它。"

卷六

问答题

现在的教主真是可爱极了啊！

请问当一个交际面窄、不爱社交、武功又高的剑客，是一种什么样的体验？

如果已经是了的话，请问怎么做才能打破当下的局面？

不愿意透露姓名的吃瓜教众——

一句话介绍：不信谣，不传谣，不造谣。

肆万叁仟伍佰柒拾壹人赞同了该回答。

谢邀。

人在魔教，刚下马车，教中任职，利益相关，不便多说，我还是匿名吧。

题主，我怀疑你在内涵我们教主。

教主对你投来和善的目光。

五月初二更新——

没想到这么一句话竟然就过千赞了？小透明很开心，只是如果被教主看到，我可能今天就会死。

不过既然这么多人问了，我就稍微回答一点吧。

没错，我说的就是那个圣教，就是你们想的那个教主。

我们教主的武功到底有多厉害，就不用我说了吧？江湖第一应该没什么争论。

　　不过我们教主平常确实不爱说话，交际面基本等于没有，脾气又不太好。虽然大家都知道他是嘴硬心软，刀子嘴豆腐心，也都挺喜欢他，但是能算得上教主朋友的人……我掰着手指头数了数，真的一个也没有。

　　至于这是一种什么样的体验？
　　我不是教主，我也不知道啊！

　　我看我们教主每天就是练武议事、处理公务，好像也没什么空余时间，他自己应该也没有社交需求，总之看起来过得很充实吧，可能和朋友很多的人也没有什么区别。
　　不过最近教主不太一样了，最近有个正道的人跟教主回圣教了。
　　这个人天天跟着教主，想跟教主当朋友，弄得教主很烦躁，我每天都觉得教主想杀了他然后将他拖出去喂狗。
　　可是不知道为什么，教主到现在都没下手。
　　哦，可能是因为我们圣教没有狗。
　　我先写这么多，还有事，有空再说。

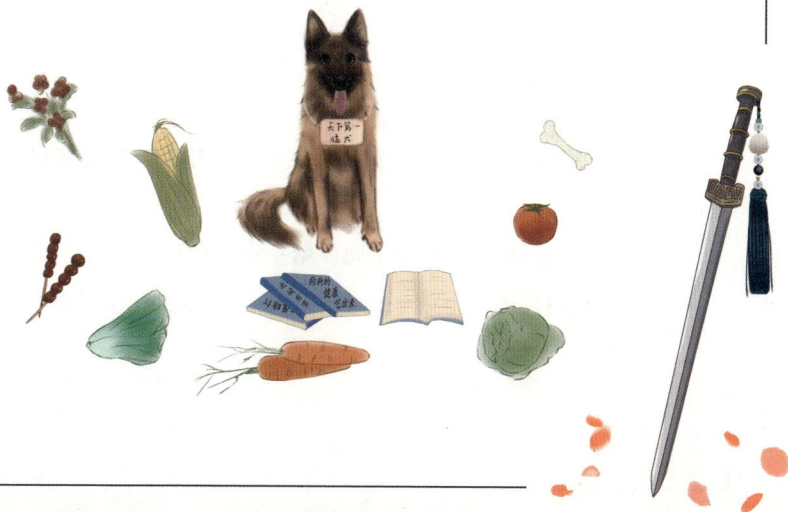

六月初十更新——

几天没看这个帖子，我成了最高赞？小透明好惶恐！

取消匿名是不可能的，这辈子我也不可能取消匿名的。也求求你们不要把这个回答在自己师门传阅了，我有点害怕事情闹大，会被教主发现。

另外，我看见评论区有很多人提问，还有人怀疑我假冒圣教人。

呸！我怎么可能是假冒的！

我可是有着正版的圣教教服，我还有圣教教徽！

欢迎来找我对暗号，让我自证身份！

然后，回复评论区的几个问题：

第一，我们圣教真的没养狗吗？

其实也不是，山门那儿还是养了几只狗来看家的，长得也十分可爱，只不过教主不太喜欢别人带狗到教中来，我也不知道为什么。

总之，大家都知道教主大喊"把谁谁谁拖下去喂狗"是假的，他也就嘴上厉害，实际上并不会动手。

第二，教主的武功真的是江湖第一吗？明明正道的赵剑归才是吧？

你们看见我的口型了吗？喀——呸！

我们教主天下第一！不容辩驳！有不服的，来魔教山门比试啊！

大家太热情了，那我再说点吧。

最近我们教主好像过得不太愉快。

本来他每天的活动轨迹基本是固定的，前后不会超出一刻钟偏差，但是自从那个正道的赵剑归来了之后，教主整个人都变了。

也不是他的脾气和性格有了多大改变，就是……嗯……

怎么说呢？两个幼稚鬼的友情你们理解吗？

就是每天都在比什么"我出剑比你快一秒""我的招式比你快一步"这种。

至于现在，他们已经发展到吃顿饭都要比一比谁下筷子比较快的地步了。

男孩子之间的快乐我是真的搞不懂，看起来真的非常幼稚。

但关键是，教主他真的乐在其中啊！

我们偶尔也想劝劝，毕竟教主身为一教之主，也还是要顾及一下形象和体面，对吧？

可是当教主投来和善的目光时……

算了，教主还只是个二十多岁的孩子，幼稚一点又有什么不可以呢？

嗯，教主开心就好。

其实教主要是一直能这样也挺好的，成天就跟着赵剑归傻乐呗，什么也不用多想，更不用每时每刻装出一副老气横秋的样子。

我以前总觉得教主过得很不开心，每天冷着脸，也不怎么和大家说话，可现在不一样了——现在他不是在骂赵剑归，就是在去骂赵剑归的路上，而在剩下的时间里，他的心情还是挺不错的。

我觉得，和教主以前那副毫无生气的样子比起来，现在的教主真是可爱极了啊！

教内谁不想看教主每天开开心心的呢？至少教主开心的时候，我去找教主汇报工作他都在笑，我终于再也不用面对教主杀人的目光了啊！

只是教中所有人都觉得，这肯定不是长远之计。

正道中人能安什么好心呢，赵剑归肯定是来算计教主的！

你们也不要说我对正道中人有歧视啊，毕竟你们正道算计我们圣教也不是一次两次了。

我们教里好几个哥哥姐姐都在打赌呢，要是他对我们教主是真心相护，我们就去浩然盟门口倒立洗头、胸口碎大石、鼻子喝菜汤！

以帖为证，说到做到！

七月初七更新——

我看见有人留言，让我多说说我们教主。

这说明你们看了我的讲述后，终于相信我是货真价实的圣教教徒了，对吧？

有一说一，我觉得我们教主这个人挺无聊的，实在没什么可说的。不过大家都想知道，那我就随便说一点吧。

我们教主这个人，他得分为几个状态来说——平常的教主，心情不太好的教主，以及赵剑归来了后的教主。

平常的教主和心情不太好的教主没什么区别，卯时练剑，巳时议事，中午随意吃些东西。

教主对吃的没什么兴趣，全由教中厨娘自由发挥，相当随意，特别好养。

到了下午，教主肯定在查阅教中来往公函，若是当日确实无事，那他十有八九就会待在练武场，到夜间才回屋，亥时一定准时上床入睡。

而待人接物上……教主反正一直是低气压状态，靠近他的人基本会害怕。

不过我听大丫鬟姐姐说过，教主这样是有原因的，好像是老教主让他保持生人勿近的状态，说这样才能够显示一教之主的威严。

因为我不是教主近侍，很多事情我都是听侍女姐姐们说的。比如说老教主就是一个不近人情的老东西，偏心偏得没边了，就知道欺负教主，臭不要脸、破事贼多啊什么的。

我听着真是心疼死教主了，哪有这样养孩子的！

教主从小除了练剑，什么都不被允许做，什么也都不知道，导致现在教主武功高了，人也练傻了……

而赵剑归来了后的教主，那就不一样了。

一开始，教主看见赵剑归就生气，生完气后自己一个人的时候还要回味，回味完就更气了，那模样我看着都觉得害怕。

可渐渐地，教主好像变了。

赵剑归在教中的时候，教主看起来真的更像正常人一些。

有时候我也忍不住想，如果赵剑归不是正道中人就好了。

你们觉得我这人有意思的话，也可以看看我在这些问题下面写的答案啊——

《在江湖有名的大门派一线吃瓜是什么样的体验？》

《魔教教众天天待在魔头身边，晚上不会害怕吗？》

《我好想成为圣教一员，请问圣教的待遇怎么样？》

《自你行走江湖以来，听过最感人的故事是什么？》

《有没有那种主角之间彼此算计的虐心话本推荐？》

《你有什么秘密是只有匿名了才敢坦诚说出来的？》

……

八月十五更新——

我果然猜中了。

赵剑归根本就是正道派过来的卧底！

气死我了！

我头一回看见教主这么难过！

教主好容易才愿意同人正常交流，好容易才变得好一些，如今全毁了！

谁也别拦着我，我要破口大骂，在口头上为我们教主讨回公道！

嗬，什么正道，依我看，就是一群伪君子！
正道人士都不是好东西！

这个帖子不更了！
一看到这个帖子我就生气！

十一月初九更新——
呃……
我还是回来更新了。

教主和赵剑归和好了。
现在他们的关系特别好，整天赵兄长、季兄短的，不知道为什么，听得我还挺好奇的。

但是问题来了——不知道是哪位兄台兴奋之余居然把这个帖子刻印下来，还不小心落在了教主手里！
然后教主翻开看了，一眼就看出了我是谁，当场让人把我拖下去喂狗。
幸好我们教里没有狗。

现在教主让我兑现之前的诺言，我……我……
对不起，请问浩然盟怎么走？
我终于学会倒立洗头、胸口碎大石、鼻子喝菜汤了，呜呜呜。

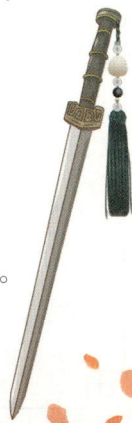

天下第一剑客——

一句话介绍：人总是会有弱点的。

伍万贰仟零壹拾叁人赞同了该回答。

谢邀。

朋友就像沙漠里的一汪甘泉，烈日下的一缕清风，寒冬中的一簇烈火。

与朋友相伴，如同与良师并行。人生在世，当然不能没有朋友，题主如果想要走出当下的困境，结交三两知心好友，也不是没有办法。

我曾经系统学习过如何与人交友的课程，教材由浩然盟德高望重的钱前辈、孙大侠等人一同编撰。经测，极为有效，我因此交到了此前根本想象不到的朋友，极大地扩充了自己的交际面。

如果题主想要学习的话，我可以简单地给题主讲一讲这其中的道理。

首先，交友之道，在于心诚。

这真的是我思考了很久才想出来的道理，以前我不懂，后来经历了很多磨难，我终于明白了。

你想要别人多喜欢你，你就得对他有多好。

世界上没有无缘无故的恨，自然也不会有无缘无故的爱。

我知道，这个时候呢，就会有朋友出来反驳我，说这世上是存在着不对等的友谊的啊。那与此同时呢，我就想反问，你们觉得这种不对等的友谊能长久吗？

当然不能。

如果你看到此处，还是不明白该怎么操作的话，你就把你想要搞好关系的人当作一只可爱的猫。

你想要猫喜欢你，你就得多顺着毛摸它，逆毛摸的话，它肯定会不开心的。

此外，我还想说一些个人的想法，纯粹是个人观点，可能不太正确，大家意会即可——

摸猫的时候，也不能一直顺毛摸。

最好的次序应该是：逆毛摸，顺毛摸，逆毛摸，逆毛摸，顺毛摸，逆毛摸，顺毛摸，逆毛摸，逆毛摸，顺毛摸……

你们看出问题来了吗？

就是要在对方最生气的时候再去顺一把毛，才能产生最好的效果。

如此一来，你好，"猫"也好。

当然，如果你没有我这么好的武功的话，我不建议你贸然这么做。

最后，我想分享一个宝贝给大家——

担心行走江湖身边却无好友相伴？
担心不会说话不懂交际让人误解？
觉得我交朋友的办法好用？
迫不及待想拥有和我一样的交友技能？
想要与江湖上的顶尖高手谈笑风生？

那你就不得不看一看这个——全江湖最有效的《套路朋友的一百种办法》。

此书由武林盟前辈亲笔撰写，江湖第一剑客亲身试用！领券购买立减十两！

季寒——

一句话介绍：弱点。

伍万贰仟零壹拾肆人赞同了该回答。

呵呵。

请君珍重。

【全文完】

图书在版编目（ＣＩＰ）数据

圈套 / 一只大雁，著．
一 武汉：长江出版社，2021.7
ISBN 978-7-5492-7831-2

Ⅰ．①圈… Ⅱ．①一… ②陈… Ⅲ．①侠义小说－中国－当代 Ⅳ．① I247.5

中国版本图书馆 CIP 数据核字（2021）第 153191 号

圈套　一只大雁　著
QUAN TAO

出　　版	长江出版社
	（武汉市解放大道 1863 号）
选题策划	阿　朱　靳　丽
市场发行	长江出版社发行部
网　　址	http://www.cjpress.com.cn
责任编辑	陈　辉
特约编辑	册　子
封面设计	柚子酒
印　　刷	长沙鸿发印务实业有限公司
版　　次	2021 年 7 月第 1 版
印　　次	2021 年 10 月第 1 次印刷
开　　本	880mm×1230mm　1/32
印　　张	9.5
字　　数	220 千字
书　　号	ISBN 978-7-5492-7831-2
定　　价	45.80 元